英雄命運

章凝散文集

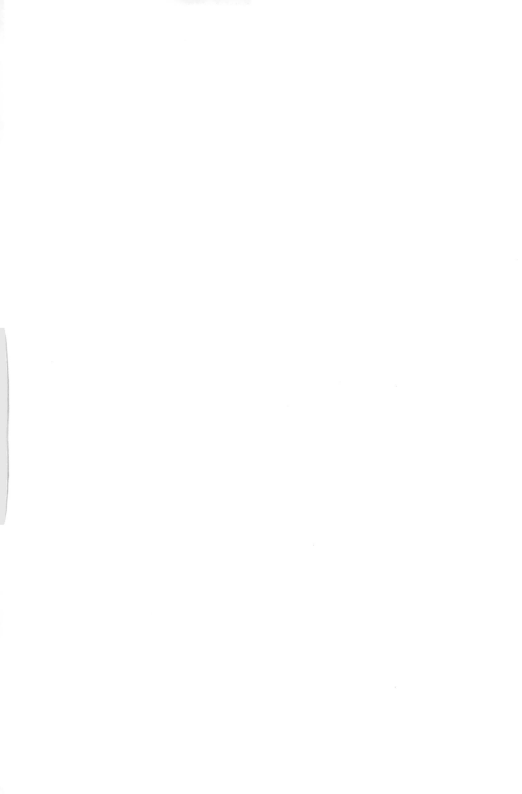

謹以此書獻給我親愛的家人！

動物

歷史

社會

個人

評論

論說

動物

白天鵝

星期天，大清早起床，心緒平和。沏一杯早茶，悠悠坐下來，信手塗鴉。

兩個時辰過去，略有倦意，扔下筆，起身活動活動，踱去窗前，向外眺望……

「哇……」

一隻天鵝，一隻雪白的白天鵝，降落在幾十步開外那兩畝三分田的池塘上，一道空前的風景……

一時我幾乎失控了，一面奔進書房取望遠鏡，一面高聲招呼著家人；恍然被拋入肯尼亞的原野，轉眼置身於動物的樂園……

抑制著雙手的顫抖，匆匆調整好焦距，我死死凝視著牠：噢美，美噢，聖潔，優雅，高貴，雍容……，我腦袋瓜飛轉，搜刮著獻給牠的一頂頂桂冠。

緩緩地，牠開始游弋、游弋，即刻，藍天白雲下，粼粼碧波上，牠游出了一首詩，一支歌，一場天鵝湖，一幅美麗的天地……

我整個地醉了，沉醉中泛起悠悠遐想：奧傑塔，你的王子呢？你們不總是出雙入對，生死相依，永不分離的嗎？

霎時，黑暗降臨了：一隻深灰色野鴨，張牙舞爪怪叫著，斜刺裡向那美的象徵徑直撲去，眼見情況緊急，鞭長莫及，我一顆心揪了起來，耳畔響起天鵝之歌……

不屑與小人爭鋒，白雪公主從容升起，輕舒風雅，似一片雲，沿湖劃過一道柔美的弧線，飄飄然遠引高飛，最後消逝於晴空千里……

哦，你夢一樣地來，又夢一樣地去；留下一縷惆悵，帶走幾多憧憬……

西元二〇〇四年四月十八日，星期天，陽光燦爛，一個終生難忘的日子，在我家屋前的池塘上，我邂逅了一隻白天鵝。

（二〇〇四）

野鴨子

每當談起動物或鳥，我就想起一件難忘的往事：

那是大約十年前，春光明媚的一天，在詩情畫意的馬里蘭。

我駕車剛剛拐上高速公路，掛檔、踩油門、加速，忽然間眼睛一驚，只見正前方路旁，有一隻母鴨帶著五、六隻小鴨子，整整齊齊排成一個小小縱隊，正準備橫穿公路，實際上，搖搖擺擺的母鴨已領頭上了路……

說時遲那時快，我根本沒時間作出反應，車子就飛了過去，回頭望，但見幾片羽毛飄起……

心裡一陣絞痛：我是兇手，殺死了排頭兵；母親沒了，小鴨子們可怎麼活下去呀？

（二〇〇四）

乖兒牠（Greta）

這個古樸秀麗的小城有一個很詩意的名字——鳳凰村（Phoenixville），坐落於賓州費城西郊。

二〇〇一年初夏，經濟滑坡，股市崩盤，我和先鋒公司的合同毫無意外地結束了，也結束了將近一年的跨州commute生活，該收骨頭回家了，丟了報酬不錯的工作也沒怎麼難過，有失有得是人生。

離開鳳凰村前天，一個週末的傍晚，房東出門去了，我開始將行李裝車，一個人的家當說不多也還真不少。

正一趟趟搬運著東西，忽見乖兒牠（Greta）自屋子裡竄出來，徑直朝我車子奔去，一頭鑽進後車門，趴在了座位上。

嘿，牠這是幹什麼？想搭順風車去大湖區旅遊？funny，我沒大在意，自己忙自己的。

車尾行李箱塞滿了，尚有許多物件待裝，我走去招呼乖兒牠出來，不想一向很聽話的牠拒絕從命，一雙大眼睛愣愣看著我，很有些憂傷的神情。

我從前面輕輕拉，再轉去後頭使勁推，牠只是不理不睬，趴在哪兒一動不動。好幾十磅的傢伙，還真拿牠沒辦法。

靈機一動，我跑回屋取來兩塊牠愛吃的餅乾，當作誘餌想引牠出來，不料牠只拿眼睛瞄了瞄、鼻子吸一吸，就調轉頭一邊去了。不為所動，怪了！

明白啦，牠知道我要走了，賴在車上想阻止我離去；幾個月前，牠那原本從早到晚形影不離的乾兄弟去了佛羅里達，難過得熱情奔放的牠接連幾個星期萎靡不振，現在牠不想再失去我。

我這別又是在自作多情吧，這是我總改不掉的老毛病。那好，就讓我來試探試探，花點時間證明這件事情。於是我拋下牠不管，一個人回屋去，沒事找事整理著已經挺整潔的房間。

半個多鐘頭過去了，一向搖頭擺尾跟進跟出的牠仍沒回屋，自二樓視窗望下去，黃昏濃重的陰影中，牠還趴臥在原地，頭頸向上挺直著，像一座雕像孤獨地堅守著陣地。應該能說明問題了，一時我有一種想哭的感覺，接著閃過帶牠一起走的念頭。

天漸漸黑了，時間給耽誤了不少，咋辦？強攻絕對不忍，只有耐心智取一條路。我決定和牠「飆」下去，進行一場智力和毅力的競賽。

又是半個多鐘頭過去，終於，牠顛著小碎步回來了，我趕緊跑過去關上大門，牠好像也恢復了常態。摸摸牠腦袋，安慰了兩句後，我狠心把牠引進廚房，轉手拉上圍欄，牠在圍欄後直直立著，默默地注視著我的行動……

乖兒牠是我女房東的一條大狗，兩歲出頭，類屬名種拳擊手（boxer），尖耳短尾，身軀雄壯，面目兇猛，性情卻一點都不，特別聰明通人性，熟悉了就讓人難以不喜愛。平日我待牠很友善，牠對我也一樣，我倆成了忘卻物種的好朋友，維持了不到半年的友誼。

第二天大清早，臨行前，我去和乖兒牠道別，告訴牠我會找機會回來看牠，祝願牠活得開開心心，快快樂樂，說話時眼睛有點發酸，更不知道自己將能不能兌現諾言。我知道狗的平均壽命不超過十五年，大狗的壽命更短。

別了，鳳凰村，我可以忘記你的景色如畫，我永遠忘不了你的乖兒牠。

（二〇〇四）

秋蟲頌

我就不去翻閱生物辭典，搞清楚你們究竟屬於什麼生物品種了。記得這好像是錢鍾書老先生的名言：「你吃了一個雞蛋感覺不錯，又何必一定要知道是哪隻母雞生產的呢？」知道你們的總稱叫「秋蟲」，應該足夠了。

說實話，我從來就不喜歡秋蟲，具體原因當然是不喜歡牠們的歌唱——太悲了，在我敏感的耳朵裡。幽暗、迷離、低回婉轉、如泣如訴，絲毫不加掩飾，一點也不客氣地與那愈來愈淒涼強勁的晚風一唱一合提醒著我：冬天，正在一步步地逼近。

在我的印象中，秋蟲的歌唱好像不是這樣的，那支季節交響曲，應該是斷斷續續、此起彼伏、忽遠忽近以及抑揚頓挫的，而不像此時此刻聆聽的，節奏沒有半拍休止符，音量沒有起伏高低，旋律不講究音韻變調，絲毫也不悠揚婉轉，而只是一味單調，單調得如同一根無始無終的直線，單調得近乎倔強了。

審美的些許缺欠之餘，我不由感到些許好奇：你們，這樣不知疲倦地唱個不停，為的又是什麼呢？教科書上說，動物們（你們也算動物吧）歌唱，只有一個目的，那就是為了取悅異性。可是，你們的小夜曲是一條流動的小溪，源源不斷滾滾不息，那麼，你們又哪有功夫談情做愛、孕育生養呢。莫非是，你們於歌唱中完成了某些自然賦予的使命。那麼，你們歌唱的目的就不是為了取悅誰，而是為了自己而唱，純粹發自天然，這乃是一種存在的形式，生命的必須。

一個問題得到了解答，隨即又有了新的疑問：你們是怎樣歌唱的？你們天生的歌喉是如何工作的？依稀記得，昆蟲是沒有聲帶的，牠們是靠翅膀的顫動發出聲音，翅膀或用於飛行，或用於歌唱，秋蟬就是一個最好的例子。那麼，是不是可以更進一步想像，你們的翅膀，能夠在飛行的時候歌唱。如果是這樣的話，你們就比那「歌唱著飛翔，飛翔著歌唱」的雲雀更高明幾分了，因為你們的飛翔就是歌唱，你們的歌唱就是飛翔。

你們短暫的生命不是以年計，不是以月計，而是以天計。我不知道，你們將生命的幾分之幾用於了歌唱，幾分之幾又用於了飛翔。我只知道，你們來到這個星球走一遭，盡力地飛翔，縱情地歌唱過了。

（二〇一二）

亞馬遜叢林中的精靈——美洲豹

Jaguar是一種迷人的動物，漢語譯為「美洲豹」，具有很大的誤導性，因為牠其實根本就不是「豹」。具體說來：非洲豹、印度花豹、遠東豹、華北豹（中國豹）、波斯豹、阿拉伯豹、斯里蘭卡豹、爪哇豹、印度支那豹等都是「豹」，即「豹種（Panthera pardus）」的各個亞種（subspecies），俗稱花豹或金錢豹。而美洲豹卻不是「豹」，因為牠是一個獨立的屬（genus）種（species），和獅、虎、豹、雪豹並列，為貓科（Felidae）豹亞科（Pantherinae）豹屬（Panthera）中的正式一種，學名為Panthera onca。俗名Jaguar源自某種南美原住民語言。除了美洲豹，也有譯為美洲虎的，當然牠也不是「虎」。孟加拉虎、西伯利亞虎（東北虎）、華南虎、印度支那虎、馬來亞虎、蘇門答臘虎等都是「虎」，即「虎種（Panthera tigris）」的各個亞種，而美洲虎卻不是「虎」。中文於生物分類學專業缺乏科學嚴謹，在此課題上顯露無遺，即使翻譯亦然。

美洲豹、美洲虎顧名思義，牠只生存於美洲大陸，主要是中美洲和南美洲的亞馬遜熱帶雨林。至於北美洲，加拿大絕對沒有，那裡對牠們來說太涼快了。美國基本上也已絕跡，近年有個體於亞利桑那州和新墨西哥州被發現報導，但屬實與否尚未有定論。中文網絡及傳統媒體許多有關動物的報導，如CCTV談講非洲的《動物世界》節目《大貓在行動》，新聞《美洲豹大鬧印度街頭》、《加拿大班芙公園美洲豹出沒》等，將美洲豹和花豹（Leopard）、獵豹（Cheetah）、美洲獅（Cougar）等混為一談，給人以某種哭笑不得感。其實只要記住一點就不會犯這個常識性錯誤：除去中南美洲，全世界沒有任何地方有野生的美洲豹。想要一飽美洲豹眼福，只有去少數動物園。

延伸而談：獵豹為陸地上奔跑最快的動物，主要分布在非洲和西亞。獵豹又名印度豹，但也不是「豹」，而是在貓科貓亞科（Felinae）中自成一屬，名為Acinonyx，本和豹沒有任何關聯，但中文仍將其翻譯為「獵豹屬」。美洲獅亦為美洲特有物種，又名山獅，卻也不是「獅」，而是貓亞科美洲金貓屬（Puma）中的一員（學名Puma concolor），名副其實的大貓，最大個頭的貓眯。這兩個又是具有誤導性的動物命名，也是中文翻譯遺留的問題。

如此「較真」可能會造成疑問：何謂獨立屬種？有那麼重要嗎？一種動物既然長得像豹，稱牠為豹又有什麼關係？簡單的回答：同一屬種可以繁衍後代，不同屬種則不行。比如獅子和老虎結合的產物「獅虎獸」或「虎獅獸」被稱為「異種雜交種（interspecific hybrids）」，牠們沒有生育能力，因為獅虎不是同一屬種。美洲豹和花豹的子女也沒有生育能力，因為牠們也不是同一屬種。既然不是同一屬種，命名就應該有所區分，以免造成概念混淆。比如驢長得像馬，但不能根據牠的外表而命名為「小馬」或「長耳馬」，因為驢馬分別列於不同屬種，眾所周知驢馬的子女騾子不能生育。引申開去，斑馬非馬，犀牛非牛，長頸鹿非鹿，羊駝非羊亦非駱駝，如此看來，中文動物命名科學性欠缺的問題實在多多。

回歸主題小結一下：貓科豹亞科包括獅、虎、豹、雪豹、美洲豹和雲豹，貓科貓亞科包括獵豹、美洲獅、猞猁及各式各樣的野貓和家貓。豹亞科會發雄壯吼叫，貓亞科只能低聲嗚咽或貓叫。同亞科同屬不同種的動物如老虎獅子可相交，但後代基本上無法生育。異亞科如豹亞科和貓亞科因為基因差別較大，不能進行雜交。比如非洲獅和美洲獅，花豹和獵豹都不可能相愛結合。

美洲豹為現存第三大貓科動物，僅次於老虎和獅子，牠同時又是西半球，也即美洲最強大的個體動物，其棲息地上的頂級掠食者，沒有任何天敵，當然除去全體野生動物的共同天敵，那些兩條腿的猛獸。體型小於老虎而大於花豹，生得像虎也似豹。按照野外生存能力或捕獵本領評價，牠是貓科動物中的三項全能冠軍，海陸空無所不能。

「陸」指力量和奔跑。受身體結構所限，貓科動物都不善於長跑，缺乏耐力是牠們共同的最大缺陷。美洲豹的短跑能力和獅虎豹差不多。牠的絕對體力比老虎和獅子稍小些（雄美洲豹應該強於雌獅），但牠牙齒的咬合力可達五六六公斤（人大約八〇公斤），超過老虎和獅子五〇%左右，貓科動物裡當仁不讓屬第一。這般咬力可以咬穿龜的堅硬甲殼，所以烏龜和海龜是牠的日常食品之二。牠慣用的殺戮手段是咬穿獵物的頭骨，不像其他貓科那樣通常只對獵物柔軟而致命的咽喉部位下嘴。

「空」指爬樹。大貓爬樹能力排名：花豹第一，美洲獅第二，美洲豹第三，獅子和老虎並列第四（雌獅比雄獅強）。這個排名基本上反映了牠們的體重，也即身體越重，爬樹能力越低。花豹和美洲獅的大小體重相似，兩者都是升木高手，幾乎可以媲美猴子和猩猩。花豹事實上是半樹棲動物，穿林走杈捕捉猴子是牠的拿手好戲。這方面美洲豹要遜色幾分。

「海」指游泳。大貓游泳能力排名：美洲豹第一，老虎第二，其他幾位雖然也都會游泳，但比較怕水，不肯輕易下水。這是美洲豹最突出的強項，到底是在亞馬遜流域討生活。下河捕殺兩棲動物凱門鱷和森蚺，驚險而精彩。凱門鱷的身材尺寸比美洲的其他鱷魚如密西西比河鱷（短吻鱷）、美洲鱷要小，但長度可達六、七公尺的森蚺卻是世界上最大最重的蛇，也即Jennifer Lopez主演的《森蚺（Anaconda）》裡的那種，當然沒有大得那麼邪乎。殺鱷斬蟒的勇猛行為在百獸之王獅子身上幾乎從未見到，而花豹能斬蟒，老虎可屠鱷，每每讓我看得心曠神怡。坦白說，我是一個偽動物愛好者，缺乏一顆博愛之心，生平不喜一些動物，蛇和鱷魚是其中兩種。

怎麼區分美洲豹和花豹？開始時可從各自皮毛的圖案著眼，美洲豹全身的大朵玫瑰花瓣獨具特色盡顯華貴，比老虎花豹都更美。熟悉兩者後看身材和走路姿勢即可辨別，美洲豹更壯碩，而花豹更靈巧，另外在河水中忙碌的肯定是美洲豹，而於大樹上如履平地的自然是花豹了。美洲豹和花豹都有黑色品種，為體色基因突變導致。如同白虎，黑豹並不是一個單獨的屬種或亞種，換句話說：黑豹事實上不是美洲豹就是花豹——雖然牠的身體並不花。

兼具獅虎的雄壯強悍和豹子的靈敏矯健，美洲豹集中了各大貓科動物的主要優點，堪稱猛獸中的全能冠軍。美洲（也即全球）現僅存約一萬五千頭野生美洲豹，雖然尚未瀕危，也需要大力保護。二〇一六巴西奧運會的吉祥物就是美洲豹，但在奧運聖火傳遞儀式上被主辦單位愚蠢地弄死了一頭，令人扼腕。

美洲豹是美洲的驕傲，讓我們來愛美洲豹。

（二〇一七）

動物三國演義

一

夜深沉。非洲肯尼亞，馬塞馬拉大草原。一塊原生態土地，星球碩果僅存的處女地之一。

風吹雲散，上弦月，悄然顯身半空，掛上一盞銀白的天燈。讓寄生在它下面的一草一木、晝伏夜出的大小動物，今晚有了光，而光即生命。

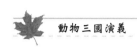

草原的盡頭是叢林。月光下，濃密茂盛的野草、樹木，斑駁陸離，隨風搖曳，鋪開一幅縱橫交錯的黑白木刻。波瀾起伏的大自然木刻，滾滾流動著萬千光影，其間，生氣勃勃，殺機四伏。

蹄聲嘚嘚，由遠而近，草原上奔來一隻蹬羚，剛剛發育完全的雌羚羊，步履洋溢著蓬勃青春，夜幕遮不住金色美麗。眼下是春季，牠來約會牠的情郎，牠已經嗅到了雄羚羊發出的芬芳資訊，於是有些急不可待了。在草地、於密林，牠嚮往著和雄羚羊一道奔騰跳躍、追逐嬉戲，盡情揮霍原始的激情，譜寫動物愛戀的詩篇。最後，牠要和雄羚羊交合，夜以繼日做愛，一直做到筋疲力盡。就此為牠倆，為牠們所屬物種的繁衍生息，孕育一輪新的生命，完成個體肩負的天然使命。

當然牠知道：草原上走著獅子，河灘邊趴著鱷魚，及各種各樣不知名的食肉動物。奇怪的牠們不吃低頭就有的青草、抬頭可及的樹葉，而是以其他溫和動物的身體為食糧。無時不刻圓睜著紅通通的眼睛，呲牙裂嘴吐著冒著熱汽的舌頭，隨時伺機猛撲過去，向目標施以致命襲擊，將活蹦亂跳的生靈變作牠們血肉模糊的美餐。好恐怖呀！

恐怖歸恐怖，可是牠不怕，因為自己是以速度戰勝力量的高手。落地出生幾分鐘後就會小跑，日後隨父母實習逃生本領，數年如一日，三、四歲的今天已百煉成鋼。彈起小巧的臀部，修長的四肢飛揚，牠奔跑著跳躍、跳躍著奔跑，彷彿草原上吹過一縷輕風。瞬息之間，就將那些短腿大嘴巴的醜傢伙遠遠拋在了身後，留在那裡蹲坐著一邊喘粗氣，一邊乾瞪眼：咯咯，累死你們，看你們還再敢打我的壞主意。驚險、刺激，好有趣。每天若是沒幾次這樣老鼠戲貓的遊戲，衣食無憂的生活平淡了許多，嘻嘻……

驀地，荊棘林深處，野薔薇叢中，亮起了一雙眼睛，犀利如荒原上烏雲中的閃電，視黑夜如白晝，穿越層層搖曳的鶯蘿草，向正朝這邊一路跑來的羊子直射過去，旋即將目標牢牢鎖定，就此分毫不漏。無疑，牠也是夜幕下草原上的一條野生生命。看上去與雌羚羊年歲相仿，身體尺寸還小了一號，烏亮的花斑綴滿金黃表皮，周身散發著一股銳不可擋的陽剛之氣。毫無疑問是雄性，但卻不是雌羚羊期待中的陽光帥哥，而是截然相反另一種生物，學名叫——非洲豹。

非洲豹，俗名花豹，平均身長一米有餘，體重四十至九十公斤，高加索雪豹、遠東金錢豹、印支雲豹、印第安黑豹、波斯豹、阿拉伯豹等的遠親近鄰，龐大豹家族中的重要一員。從沙漠到森林，自山巒到沼澤，豹作為地球上分部最廣，生態環境適應性最強的大型貓科動物，牠的大腦與牠的肌肉同等發達，兼俱獅子的兇猛和狐狸的機敏。而論身手之矯健、膽略之雄強，比照東北虎、北極熊更有過之而無不及。晝伏夜出，獨往獨來，宛若叢林中不眠的尋夢者，月光下神出鬼沒，一個遊走於生命鋒刃上的孤寂幽靈。

此刻，豹四肢收攏，緊貼地面趴伏著，一動不動，猶如一尊天然石雕，靜靜等待著獵物的逐漸接近，將自己打造成一座活生生的死亡陷阱。牠渾身高密度肌肉，不帶一絲脂肪；腿腳剛勁而敏捷，最高時速七、八十公里，足可勝任強力奔襲追殺。但是牠的智力讓牠不屑單純使用蠻力，技術含量太低的捕獵只能偶爾為之。牠更喜歡以智慧與力量結合作業，因此長時間、近距離埋伏，守株待兔，伺機突襲，成為牠安身立命的看家本領，獨一無二的拿手好戲。生就岩石樣冷峻，具有鋼鐵般的定力，這個殺手比較酷。

一百米、五十米，羊子放慢了小夜曲的腳步，開始顯得有些遲疑不決，清純的目光閃爍著迷離。牠似乎察覺到了什麼：前面的叢林又黑又密，看不大清楚，裡面會不會藏著吃人的怪物，那麼，還能再往前走嗎；又好像在幽幽怨怨、尋尋覓覓：我的情郎啊你在哪裡，快快前來和我相會吧。你看吶，大草原上，漫山遍野是花，白花、黃花、紅花、五彩繽紛的花。什麼東西都開花了，草開花了、灌木開花了、樹開花了，連石頭也開花了，我的心兒怎能不開花，你的心兒怎能不開花。

豹子，渾身上下如一張被拉到了極限的射雕弓，血壓驟然上升至二百五十，胸腔內的一顆心倒騰如擂鼓，空蕩蕩的肚皮發出陣陣痙攣，但牠仍舊紋絲不動，連眼皮也不抖一抖。縱然身體處於決堤邊緣，牠的大腦卻冰雪明亮：欲速則不達，眼下還沒到時候。對面這小妮子的爆發力一流，啟動速度瞬息之間，四蹄撒開了來去如風，硬碰硬賽跑絕不是牠的對手。只有近距離接觸，才能穩操勝券。我現在處於逆風，氣味飄不到牠那裡，花斑皮毛是天然隱蔽色，色盲的對手無法辨清。今天勢必一擊而中，不光為自己，更為了我剛剛結識的戀人，此刻牠正在後面默默觀看，考察我這個準丈夫是否夠格。哦，春天，花開了，草長了，多麼美妙的殺戮季節。我的爪子、我的牙齒，我的肌肉、血液和骨頭，你們不要焦躁，再忍一忍，於空前的煎熬中，等待出擊！

三十米、二十米，忽地，空中一片烏雲飄過，亂風捲起，草木恿悚，羊子的耳目鼻孔驟然放大，即刻打個寒顫：怎麼？氣味不對，危險近在咫尺！剎時，像是印證牠大腦皮層對感覺器官的反應，灌木叢張開血口，一道斑斕的閃電飛騰而起——豹子出擊了！生死千鈞一髮，拔腿轉身已不及，一切交付經驗練就的條件反射。大驚失色瞬息過後，羊子竟不退反進，昂頭向前小跑數步，跑動中加速，緊趕著，騰空躍起，高達一丈，狀如展翅飛翔，生生要從偷襲者的頭頂上一躍而過，旋即快馬加鞭絕塵而去，上演一場絕處逢生大逃亡……

豹子見狀，即以本能對應，立馬減速、立定，收縮舞爪張牙，原地靜待十分之幾秒，以估算出時間差。旋即，旱地拔蔥，一個後空翻高高躍起，剎那間，食草類與食肉類面對面遭遇，同時凝滯於半空，兩條身體與地表平行，形成了一個倒寫的「二」字。幾乎與此同時，身處下方的食肉類凌空發力，徒然伸出四隻鐵爪，攫住上方的食草類，兩物隨即合二為一，於空中劃過一八十度一個半圓，期間雙方高速置換體位，食草類轉於下，食肉類翻在上，嚴絲合縫糾結著，重重地砸向地面……

電光石火，風雲掠過。須臾，月光重現天庭，於無聲處，柔柔普照著草原、叢林，其間的一草一木、千萬生靈……

這裡，生死遊戲結束，悲喜劇落落幕。劇終畫面：豹子胸膛劇烈起伏著，四肢疲軟趴伏在草地上，累慘了。搏擊須用全力，殺戮是個體力活。牠的目光依然刀鋒般銳利，穿越黑暗注視著遠方；牠的面部仍舊毫無表情，喜怒哀樂從來不形於色。牠那張成近乎直角的血口裡，填充著羊子的咽喉，兩柄匕首樣的犬齒深深埋入，只有根部暴露在外，於夜幕中微微閃爍著點點白光。那裡，鮮血無聲地流淌，如絲線、似湧泉。牠是一個完美的終結者，做活講究乾淨俐落，從不拖泥帶水。如此，至少讓牠利爪鋼牙下的犧牲品，走得沒有太多恐懼和苦痛。

小羚羊，臨危不懼驚艷一跳，除了給自己短暫的一生畫上了一個悲壯的終止符，並反襯出殺手的技高一籌，沒能改變任何事情。成功逃亡千百次，但只要有一次失誤，生命就此告終。活著，必須始終、永遠不出錯，偶然的失誤意味著必然的死亡，這也太艱難了點。牠已經盡力了，該做的大多做了，還能怎樣呢。草原上、叢林裡，捕食類無處不在，遍佈每一個角落，被異類甚至同類屠戮原本是牠，和地球上無數生靈生來註定的命運，橫死正常不過，老死善終是莫大的造化。牠到底也存活到了成年，實在不能奢求更多。

此刻的牠，象牙雕刻般精巧的頭顱後仰，螺旋狀的犄角尖尖，修長的頸項於空中劃過一道不堪嬌柔的曲線。年輕的牠，就這樣優美地死去了——牠優美地死於愛情。而牠那望若秋水的眼睛，依然睜得大大、圓圓的，凝望著近在咫尺俊美的冷面殺手，與月光下如詩似畫的叢林，像是發出了牠死不瞑目的遺言：別了，親愛的家人；別了，美麗的草原！活著，真好！真希望有來生。如果有來生，讓我不要作羊，我也要作豹！

羊之將死，其鳴也哀。隨著小羚羊最後的一聲嘆息消散於晚風，存在發生了質變，至此，羊不再叫作羊了。沒有了心跳和氣息，牠不再是一個不僅有血有肉，更有著天然靈性的生命體，也就不能繼續享用代表生命體的名號。從現在開始，牠被叫作獵物，或羊肉，一堆香嫩鮮美，任強者爭奪瓜分、宰割吞噬的肉。

豹子喘息甫定，鬆口放下獵物，起身招呼始終於暗中觀戰的情侶。豹男豹女聚首，接一個野獸之吻，開始享用牠倆的首次約會晚餐。時空場景，自然而浪漫：夜色如夢，月光燈下，流動的雲彩搭起帷帳，毛茸茸的嘉蘭草鋪開餐桌；綠波蕩漾，晚風習習，送來陣陣夜來花香，伴以此起彼落的鳥語蟲鳴。

沒有繁文縟節，省去卿卿我我，豹男女的愛情晚餐直奔主題——羊肉，動作狂亂而從容，於最原始的本能行為——吃中，演繹生命存在的真諦。先從獵物圓滾滾白淨淨的腹部下嘴，以硬度媲美金鋼石的犬齒作刀叉餐具，三下五除二撕裂表皮，開膛破肚遊刃有餘，扯出五臟六肺外加一顆鮮紅滾燙的心，那既鬆軟可口，且蛋白質維生素極為豐富的部位。生吞活剝，以血代酒——鮮血乃最香醇醉人的美酒，嗜血者如是說。

狼吞虎嚥風捲殘雲，不消半個時辰，獵物的下半身僅存一個碩大的黑洞，其他部分幾乎完好如初，鮮活的軀體轉眼化作一具變形的殘骸。被捕食者的細胞組織源源進入捕食者的身體，後者的消化器官開足馬力運轉，通過繁複的生物化學作用，吸納食物養分，轉化異體熱能，經過道道融合演進程式，羊的結構分子嬗變為豹的組成部分。羊即豹，豹即羊，羊子臨終前發出的來生投身為豹的夢想，以一種嚴格遵守物質不滅、能量守恆定律，既奇妙又荒誕的形式，提前得以實現。

隨著腰腹的漸漸豐滿，豹女開始變得有些心不在焉：嗯，身子越來越燥熱，一股股虛火上竄，讓人靜不下心來。瞧這傻瓜，倒越吃越來勁了，還有沒有個完。人家大老遠的被你引來，目的不僅僅只是吃喝一通吧。看呀，月光正皎潔，晚風也溫柔，今宵是什麼時辰，咱們不是還有正經的事情要做。想到這，牠停止了大快朵頤，抬起豹子頭，脈脈瞟了英雄帥哥一眼，挺起身，頷首低眉，扭動纖纖腰肢，悄悄向密林深處走去，一步一回頭……

豹女頻施媚眼，豹男視若無睹，不來電，依然專注於面前的飲食，頭也不抬一下，滿嘴血肉，咀嚼不停，獨吞得不亦樂乎。顯然對於牠，美女不如美食更有魅力。其實說到男女之事，牠本是個中翹首，不做則已，做則轟轟烈烈驚天動地，屆時每天交合上百次（人類管這事兒叫做愛。愛如果能做，哪還叫愛嗎？

真是虛偽透頂），持續作戰五、六天而金槍不倒雄風猶在，直到確信配偶懷上了牠的種子才罷休（難怪明武宗將其淫窟命名為「豹房」，不愧為動物仿生學的鼻祖）。

非不能也，實不為也，眼下還不是時候。生存的頭等大事是吸收而不是排泄，消化器官遠比生殖器官更為重要。我可沒有某類自命為萬物之靈的生物那麼蠢，本末倒置視排泄如命，常常為了填充感官肉慾的無底洞，連性命都可以不要。一年只發情一次，每次只有短短的那麼幾天，目的簡單明確——繁衍後代，而非縱慾享樂。我們野獸的慾望經濟而實惠，及高效率。豹妹哦，你且耐心等，容我飽餐了這頓，再來和你一同上演虎豹精神！

二

「兮呀呀呵……矣呀呀哈……」，一串突如其來的怪笑，將豹的抒情攔腰截斷。這笑聲，說陰不陽，說陽不陰；似野貓叫春，如鬼魅哭喪，於寂靜空曠的原野上，陰魂不散地盤旋、遊蕩。豹子膽聽了，不由得毛髮聳立，猛地抬起頭，一陣刺鼻的腥臊撲面而來，隨之是一對夜幕中綠中泛紅，燐火幽幽閃動的眼睛——

好你個殺不死的強賊，又不請自來了。看爪！——

鬣狗，俗名笑狗，身長體重與非洲豹半斤八兩，大草原上最為繁盛，食肉總量和獅子難分仲伯的捕食動物。說牠是捕食動物多少抬舉了牠，嚴格定義牠屬於食腐類，雖然也能自行捕獵，更多的卻是以打家劫舍為生。這狗子，前腿短，後腿更短，跑起路來一顛一顛；皮毛灰暗粗礫賽泥土，尖嘴猴腮目光如豆；更兼非貓非犬陰陽怪氣[1、2]，舉止猥瑣叫聲怪異，整個一個其貌不揚。非洲大陸，一片飛禽走獸的樂土，百科動物之王國，捕食類大多生得威儀美姿容，一副帝王將相英雄豪傑模樣：獅子雄壯堂皇加冕為王，花豹英武矯健貴為王子，獵豹優雅華麗堪稱公主，唯獨這鬣狗，怎麼看怎麼像個太監弄臣的角色。

眼下，為了半具殘屍，王子與太監對上了壘，戰爭發起者竟是太監，王子為奮起抗暴的受害人。好戲開鑼：才一進入陣地，狗子即狼奔豕突，亢奮地繞著

1 鬣狗究竟屬於貓科還是犬科，動物學界尚未有定論，但大致傾向於犬科。

2 鬣狗是雌雄同體比率比較高的一種哺乳動物，大概有1%的機率。出生的小鬣狗是雌雄同體的，這是由於雌鬣狗的雄性激素過盛，這並不影響牠們的發育。對於這些鬣狗來說，定牠們性別的唯一因素，是牠們的第一次性交。如果牠們和雌性性交，將來就會成為正式的雄性，反之則會成為雌性。——百度百科

豹子和牠的晚餐兜圈，作歡騰雀躍狀，好像這獵物是牠打到的。同時嘴巴也不閒著，不斷發出咦哩呀拉，似嚎叫更像獰笑的犬吠。其目的很明確：先聲奪人，以期嚇跑對手，不戰而屈人之兵。

豹子老謀深算不為所動，堅守獵物以逸待勞，呲牙裂嘴傳達震懾。終於，飢腸轆轆的狗子按捺不住，竄將上來，血口直撲豹子的禁臠，雙方就此進入短兵相接……

人不可貌相，更不要說動物，鬣狗當然也不例外。自然界適者生存優勝劣汰，狗子是此法則的演示典範，身具多重獨特法寶，使其成為食肉類中的強者。首先就個體論，狗子的犬齒似鐵鉗，臼齒如鋼銼，咬合力為所有陸地動物之冠，超過獅子的三分之一。單位咬合力達每平方釐米八百公斤，相當於一頭大象換上長頸鹿的腿腳，再足尖挺立跳芭蕾舞而施予地面的壓強，碾碎花崗岩綽綽有餘，誑論有機物的骨質。實際上，鬣狗是惟一能夠嚼食獵物骨頭的哺乳類（此外兩棲類中有鱷魚，爬行類中有科莫多巨蜥），老虎獅子也不得不甘拜下風。牠的消化器官如同一具混凝土攪拌機，胃液好比能融化金屬的鏹水，血肉筋腱碎骨皮毛囫圇吞下，無不被碾磨成齏粉。吸收去營養物質後，排泄出的糞便呈石灰塊狀，名副其實的吃人不吐骨頭。故而說將鬣狗評為太監，犯了以貌取狗的錯。狗子有些不倫不類不假，但卻和陰盛陽衰毫不搭界，天生是個桀驁不馴的叛匪亂臣。

你來我往，爪牙交錯，幾個回合下來，無一方佔據壓倒性優勢，戰役就此進入相持階段。豹子、狗子，自兩端分別咬住羊子的頭顱和臀部，死命向後拖，打死不鬆口，看看到底誰的咬合力更強勁、意志力更堅頑——敢情玩上了拔河比賽，君子動口不動手。可憐的羊子，死後也不得安寧，夾在兩大豪強之間，身子骨被撕扯得七零八落。蒼天如有靈，聽得見牠於冥冥中發出的聲聲慘叫……

唉，這又何必呢，獵物尚餘幾十上百斤，大家坐下來心平氣和分享，即使不夠撐不死兜著走，也都能夠飽餐一頓。如此你爭我奪大打出手，為的又是哪般？——話是這麼說，問題是野獸不講邏輯，不做利弊得失分析，野獸自有野獸的道理：牠有了，我就沒了；我要，牠就不能有，所以有牠沒我有我沒牠。原則問題含糊不得，沒有讓步迴旋的餘地。好東西，誰的爪牙利害就屬於誰，天經地義。

漸漸地，豹的目光有些游離，左顧右盼、遲疑不決，顯出一副棄之不捨鬥之無趣的神態。勝利的天平開始向狗方傾斜……

不對吧，虎豹熊羆之豹竟敗陣於蠅營狗苟之狗，不開國際玩笑。貓或許幹不過狗，可是貓科怎麼著也比犬科狠吶。地球上現存貓科五大金剛——老虎、獅子、豹、美洲獅、美洲虎[3]，老虎雄據亞洲，獅子稱霸非洲，美洲獅北美偏安，美洲虎南美割據。而豹，雖然身材體重相對較小，難以獨霸一方，卻對複雜多樣的不同地理環境適應性最強，從而廣泛分布於亞非兩大陸。並且馳名遐邇，僅次於老虎、獅子。眼下竟然擺不平一條賴皮狗，這是啥道理麼。

具體探討一下戰術：相比犬科類的豺、狼、狗等，貓科動物天生具有捕食類的一大優勢，那就是牠的爪子。爪牙爪牙，爪在前，牙在後，這有科學根據。大貓們生有利爪，動物解剖學名趾甲，前腳五後腳四，自每根腳趾的最後一塊骨頭長出。呈長鉤型，堅硬如牛角，銳利如芒刺，如九件與手腳渾為一體的冷兵器。為保護利爪不被跑跳等日常行動所折損，也為了使行走悄然無聲，大貓們的爪子平時收縮於腳掌前端一層厚厚的肉墊內（觀察一下家貓的腳爪即可得到概念），如匕首入鞘。而只有在抓捕、撲擊等關鍵時刻，利爪才亮劍出鞘。貓科動物珍惜自己的爪子這一殺手鐧，常常通過抓撓樹皮等粗糙表面來使其保持鋒利，磨刀一

[3] 鬣狗究竟屬於貓科還是犬科，動物學界尚未有定論，但大致傾向於犬科。

般。溫順的家貓最不喜歡人類戲弄牠的爪子，誰弄和誰翻臉，主人也不例外。由此可見爪子對貓科類的重要性。大貓們在捕獵、搏鬥時，較多的是用爪而不是牙。爪作為游擊先鋒可攻可守，進退自如，而尖牙也即犬齒一劍封喉，作為最後解決手段。

再看犬科，爪子本來就生得單薄，更沒有肉墊保護，始終暴露在外，長年累月磨損嚴重，越來越鈍（遛狗的一大好處是幫助狗兒消磨趾甲也即爪子，不然牠會有麻煩）。犬類的四肢遠不如貓類那麼粗壯有力，及具柔韌性，膝關節顯得僵直。這有些類似食草類，雖然適合於長跑，於搏擊則先天不足。事實上，犬類單純靠撕咬來進行攻擊，腿腳除了支撐身體前進後退，本身不具直接攻防能力。這就是為什麼狗嘴巴向前突出的原因，突出是為了便於咬，狗的能耐全在一張嘴巴。由此可見，犬科貓科對壘，前者僅有一嘴，後者除了嘴，起碼還多出兩隻既可撲打又能抓撓的前爪，先天條件高低立辨。短兵相接，狗頭不顧一切伸上去撕咬，嘴巴上方的眼睛就露出一大破綻，正好被對方快如閃電的利爪橫掃。眼睛如果被廢，自然就再沒戲唱。除了爪牙等硬體，軟體智慧方面，貓科犬科不相上下。為邀寵，貓狗世仇，明爭暗鬥了幾千年，最後基本上維持個平手，取得了表面上和平共處的戰略平衡。可貓咪才多大個頭，貓如果長有狗的身材尺寸，狗兒們將死無葬身之地。

回過頭來，陣地上戰況突變：狗方援軍及時殺到。不知打何時何地冒出來的，又一隻鬣狗加入戰團，二對一，狗子們的氣焰空前高漲。豹子陷入孤軍作戰，遭到前後夾擊，首位難以兼顧。本來就在打退堂鼓呢，眼下更是無心戀戰：撤吧，好豹不和狗鬥，虎落平陽還被犬欺吶。和狗一般見識，那不也成狗了。於是乎，鬆口、轉身、腳底抹油，豹子落荒而逃，狗子們歡呼雀躍……

塵埃落定，狗子勝出，勝在生存意志。鬣狗乃天生的角鬥士，有名的打架不要命的主。一出娘胎已是滿嘴牙，呱呱落地後眼睛就睜開，意味著做好了戰鬥準備。來到世上的頭件事情不是互相依偎，不是尋找媽媽的奶頭，而是開始胡撕亂咬掐架，對手是自己的孿生姊妹兄弟。從小到大，牠們在長輩的諄諄教唆下，好好學習天天向上，於狗咬狗的遊戲中茁壯成長。在成長期的廝殺競賽中，手足相殘，強壯的殺死虛弱的。就這樣，最終能長大成狗的，都是些極為驃悍堅忍的傢伙。

除了獅子、老虎、棕熊等少數位居食物鏈頂端的巨無霸，大多數獵食動物都相互忌憚幾分。除非面臨食物匱乏，彼此敬而遠之，能避開則避開，以減少正面遭遇從而兩敗俱傷的可能性。而身材尺寸中等的鬣狗卻正好相反，哪兒有獵食類跑哪兒去湊熱鬧，不管對方有多凶多狠。獅子、豹子、獵豹的地盤都有牠的一腿，以期分一杯殘羹——不歡迎，要打架麼，儘管放馬過來，不再話下。誰熊誰是狗娘養的。

豹子輸了，輸在生存智慧。豹子豹子，不是吃素的，更非浪得虛名，無論是體能還是膽氣。牠的食譜五花八門上天入地，囊括有蹄類、嚙齒類、爬行類、兩棲類、鳥類及魚類等九十多個不同物種。樹上捉狒狒，平地斬蟒蛇；以六、七十公斤上下的謙遜身軀，穿越兩柄利劍般亂舞的長角，咬斷重達一噸的旋角大羚羊的喉嚨。獵物比捕獵者重十餘倍，讓單獨一隻雄獅去會會大象。更有一絕活兒，叼著兩倍甚至三倍於自身體重的獵物，爬上幾十米高的大樹（試試讓一個一百公斤的壯漢，揹負二百到三百公斤的重物爬樓梯）。其牙齒的咬合力、四肢的抓握力、身體的爆發力與平衡力，匪夷所思無與倫比，達到了生物演化的極限。

但豹作為靈性生物最為優異的地方，卻還不在於牠的體力，而在於牠的腦力，也即牠的聰明才智、存在主義哲學。不到被逼急的份上，如豹寶寶面臨兇險，豹總是儘量避免與其他捕食類發生你死我活的肉搏。原因簡單明瞭：風險與回報不成正比，不值得。豹是獨居動物，不像鬣狗那樣群居，掛了彩還能得到同族的照應，且因是腐肉店的常客，身體免疫力超強，復原能力驚人。腿被打斷了，肚子被打爆了，搖搖晃晃歪七歪八，看上去已是奄奄一息，可牠苟延殘喘十幾、二十天後，一瘸一拐重返前線，居然又是一條好漢。

就說方才的這場羊子之戰吧，豹自有豹的深思熟慮：我已經吃了個大半飽，犯不著為了點殘羹冷炙，去和因飢腸轆轆而窮兇惡極的鬣狗拚命。殺人一萬自損八千，不是合算的買賣。即使經過一場血戰，能夠將首先發難的狗子打退甚至擊斃，自己也必然會受傷。哪怕是輕傷，也將嚴重影響到今後爬樹、捕獵等日常活動，那幾乎意味著坐以待斃。絕對不划算。遇到利益衝突大打出手，不僅不是解決問題的辦法，相反是下下策。這半隻獵物讓給牠，自己再去打一隻，也不是什麼不得了的事情。忍辱負重，退一步海闊天空；韜光養晦，該罷手時就罷手。畏戰不是膽怯，只因不到時候。

當事人安之若素，旁觀者卻看不下去了，樹梢上的貓頭鷹免費看戲，看得有些過於投入：可是，臨陣脫逃、狼狽不堪，豈不有損你豹子的一世英名，傳出去，看你往後在江湖上還怎麼混。不爭包子還爭口氣，士可殺不可辱吶。不然的話，非洲二寨主的位子你再也坐不穩，不得不讓給這喪家犬，那不太丟份了。再說了，這狗子是出了名的貪得無厭，今天你讓了牠一回，牠食髓知味得寸進尺，回頭就會有第二次、第三次、第N次，那還得了，你還活不活了。

呵呵，豹面無表情一笑：活，咋不活，問題是怎麼個活法。爭強鬥狠非勇也，名氣更不能當飯吃。平平安安活著，一日三餐有著落，讓我當老么沒脾氣；整天打打殺殺，拎著腦袋過活，請我當老大也不幹。狗子的特長是劫掠，我的優勢是捕獵，各盡所能物競天擇，都能合理地生存下去。我可不像那些兩條腿的高等生物那麼蠢、那樣貪，為攫取佔有地球上更多的物質資源，你爭我奪欲壑難填。世世代代自相殘殺，屍橫遍野血流成河，也從來不知道悔改。放著和平共處的陽光大道不走，偏要走同歸於盡的獨木橋，真的不可思議。沉思著，豹孤獨的身影，隱沒於三色堇花叢。

鏡頭切換：兩條鬣狗正蛇食鯨吞，和平分享著剛剛搶來的贓物，心情緊張而愉快。眼下肉還足夠，所以首要任務是吃，兄弟鬩牆可以緩行，怎麼說這也是人民內部矛盾。牠們是實際到了牙齒的冒險家，並非四肢發達頭腦簡單。經驗教訓早已使牠們明白：位於別人鼻子底下的肉不是我的，但盡可努力去爭取。而位於自己鼻子底下的肉也不一定就是我的，因為別人也會來搶奪。只有吞進腸胃裡的肉，才切切實實屬於了自己。所以，有肉要儘快吃，細嚼慢嚥，後果將會很嚴重。

三

月光依然皎潔，夜鶯止住歌吟；暴風雨欲來，草原更寧靜。於無聲處，高高的草叢暗風聳湧，如波似浪，烘托出一個碩大的陰影，悄悄然逼近——王者終於登場

獅子，地球上至為強大的捕食動物，唯一的雌、雄兩態貓科。平均身長兩至三米，體重雄獅二百公斤，雌獅一四〇公斤以上，號稱萬獸之王。此王是一位暴君，以屠戮自己境內的子民為職業。草原上小到兔子、烏龜，大到河馬、犀牛、大象，甚至同為捕食類的獵豹、花豹，無不曾遭其兇手。弱肉強食橫行霸道，無法無天人莫予毒；力量即殘暴，牙齒出真理：獅子將此等叢林法則，發揮到了登峰造極。

來的是一頭壯年母獅，身軀長大健壯，面目威嚴陰鷙，眉眼上一道斜插天靈蓋的傷疤，昭示著牠的身經百戰。鬣狗的獰笑聲將牠引來——來了就要見血，因為這裡有肉。

母獅摸到十幾步開外，於暗中停住腳，藉著雜七雜八的鸛草作掩護，迅速觀察一番情勢：嗯，今晚夠幸運，只有倆狗子，不成群，比較容易對付。狗日的是典型的人來瘋，數量越多越難纏。擒賊先擒王，先拿那隻體形較大的開刀，幹掉了大的，小的自然不在話下。就這麼定了。再沒有半分耽擱，母獅發出一聲暴吼，飛身向前撲去……

獅子和鬣狗有仇，血海深仇，不共戴天之仇。不幸的是，牠們不共戴天卻得共用土地，草原上有獅子的地方必定有鬣狗，有鬣狗的地方必定有獅子。生物圈內再沒有任何兩種頂尖食肉動物，生存得如此犬牙交錯，又如此地勢不兩立。二者都是群居（犬科大多群居，獅子是唯一群居的貓科），不打則已，開打就是群毆。獵食類之間的單打獨鬥常常都是你死我活驚心動魄，光論貓科、犬科兩大豪門的集體火拼。非洲塞侖蓋蒂大草原紀錄過一場獅子、鬣狗車輪大戰，血肉翻飛日以繼夜，最終結果：三五條鬣狗、六隻獅子橫屍疆場。這是自然界的獸性大展示，野生動物以生命演繹的暴力美學，令人歎為觀止。獅子與鬣狗之間的戰爭，構成了非洲草原上一道最為血腥的風景，但是其規模不論就廣度、深度還是慘烈度而言，與人類的同等行為相比無異小巫見大巫，天壤之別不可同日而語。人類與動物的最大區別在於，人類戰爭是同類物種之間的自相殘殺，動物衝突是異類物種之間的相互競爭。扯遠了。

獅狗之戰，一不為土地，二不為金錢，三不為女人，而只為維持生存的必需品——食物。獅子和鬣狗相互搶劫對方的獵物，難以置信且具諷刺意義的是，不可一世的獅子雖號稱萬獸之王，在這場強盜與強盜的爪牙對話中，卻常常處於下風，主動出擊並最終取得勝利的更多地屬於貌似弱小的鬣狗。鬣狗的個體智力平平，集體智慧發達，是食肉動物中最具社會性的一種，和橫行於北半球的大灰狼有得一拼。牠們以家族為基本單位，社會行為複雜多樣，幾個家族可以按照需要結成緊密的政治聯盟。個體捨身忘死，集體眾志成城，以對抗大草原的統治者——獅群。獅子是父系社會，鬣狗是母系社會，這是自然界父系社會與母系社會的血肉碰撞。

獅子雌、雄兩態，如母雞、公雞。雄獅一頭金色美髮，豪放張揚、威武雄壯，被譽為尊貴王權的象徵。文化意義與實際作用相結合，雄獅的美髮乃動物國王之王冠，但不僅僅用作裝飾，牠更是主子賴以征戰四方的頭盔。戴上這既能威懾敵手又可防護自我的天然頭盔，憑藉著身強力壯爪牙兇猛，雄獅終於有恃無恐，成為陸地魔鬼的化身。其搏擊力是雌獅的好幾倍，這與母的比公的高大強悍許多的鬣狗正好相反。

鬣狗只對雄獅有所忌憚，卻從來不懼身材比雄獅苗條許多的雌獅。曾有五、六條鬣狗幾次三番搶去五、六隻母獅辛辛苦苦打下的獵物，最後母獅見到鬣狗幾乎望風披靡。缺少成年雄獅壓陣的獅群，在鬣狗眼裡不過是一堆紙老虎。作為獅群的守護神，雄獅不怒而威保持尊嚴，一般不輕易出手，出手就是痛下殺手：大巴掌掄圓了左右開弓，將不自量力帶頭尋釁的狗子打翻在地，再張開血盆大口，將其粗梗的脖子生生咬斷，然後棄屍荒野，揚長而去（嗜食狗肉者請勿為之惋惜），殺一儆百的意味再明顯不過：狗子們睜開眼睛看清楚了，誰才是這草原上的真正霸主。再有哪個活膩了，膽敢以身試法犯上作亂，這就是牠的下場！

民不畏死，奈何以死懼之？狗子們記仇，記得很厲害，一筆筆血帳記下了，仇恨入心要發芽。化悲痛為力量，他日遇到落單的母獅、幼獅或年老體弱的雄獅，必群起而攻之，甘冒受傷甚至被殺的風險也在所不辭，定要將對方撕咬得千瘡百孔才罷休。狗子們不像雄獅那樣寫意，更不想辜負自己草原清道夫的美名。一來自然資源不好被白白浪費，二來好不容易幹掉了死對頭，飲其血、啖其肉，活剝生吞牠的皮毛和骨頭，方才消解心頭之恨。所以除了人類，鬣狗是地球上唯一吃過獅子——自己親手屠戮的獅子的動物。你可以不喜歡外貌醜陋舉止猥瑣的鬣狗，但對於牠們勇於抗暴的大無畏精神，卻不得不予以幾分敬意。

那麼，眼下母獅單挑鬣狗，以一敵二，能行？狗子不怵的不就是牠。要知道動物搏擊也是因人而異，不可一概而論，正所謂兵無常勢水無常形。假如說面對鬣狗一般雌獅只會作河東吼，本獅卻是不折不扣的女金剛、母夜叉。此刻的牠，咆哮連連，爪牙齊上，向狗子泰山壓頂而去。後者正專著於食物，受用得忘乎所以，驟然被襲，夜幕下難辨虛實，不清楚對方究竟來了多少人馬，兩隻耳朵被迅雷般的吼聲震得生痛，感覺雄獅就要咬到了屁股。好狗不吃眼前虧，三十六計走為上，除去撒丫子，沒其他選擇。把牠趕得越遠越好，省的回過頭來找麻煩——女金剛將兵不厭詐進行到底，緊攆著狗子不放，擺出一副趕盡殺絕的架勢。狗子愈發驚恐，抱頭鼠竄屁滾尿流……

另隻狗子見勢不妙，想開溜卻又不甘心，只有依照本能行事，死咬住才啃了沒幾口的屍骸，倒退著向後拖去，幻想著挾著戰利品逃離這是非之地。只可惜氣力不濟，走幾步停一停，磨蹭出去沒多遠，女金剛已及時殺回，故伎重施，動作大刀闊斧，嘴巴驚天動地。力單勢孤的狗子無奈，牙一鬆丟下獵物，亡命去也。女金剛宜將勝勇追窮寇，虛張聲勢緊追不捨，最終將鬣狗澈底驅離這塊群雄逐鹿的舞台……

四

兩番野戰場，陷入片刻寂靜。這裡，已是支離破碎得不成形的羊子，橫陳於無花果樹下，野百合叢中，默默等待著第三位主人的光臨，來以牙齒為自己收屍，埋藏在牠肚皮的墳墓。

倏忽，月光下，仙人掌背後，閃現一道流線型剪影，悄然無聲躍出，徑直向那片肉奔去。到了，張嘴叼住，緊接著馬不停蹄一路小跑，重負在身遊刃有餘，來到一棵高高的阿萊粕樹下，奮力一躍，四隻爪子吸盤般搭上樹幹，噌噌噌幾下，旋即掩沒於茂密的枝葉裡——是豹子！原來牠沒有走遠，一直埋伏在左近，於暗中觀察著勢態的發展，耐心等待著奪回財物的機會。

低吼聲聲、林木囂囂，女金剛兵不血刃擊潰死敵，得意洋洋凱旋班師，身後竟簇擁著一幫同僚，母獅、幼獅，大大小小七七八八。這是一個沒有成年雄獅統領的獅群，列強環恃，群龍不可無首，女金剛武藝高強經驗豐富，眾望所歸，被群獅一致推舉為酋長，或獅女王。女王頗具英明領袖氣質，決非尸位素餐之輩，更不是酒囊飯袋。這不，身先士卒趕走鬣狗，率領子民共赴宴席。

可是，大夥兒興沖沖趕來，宴席卻在哪裡？只見草地上一片狼藉，已是空空如也。眾人順著撲鼻的香氣，抬頭朝大樹上望去：原來如此。一切都不言而喻了。眾目睽睽之下，女王這個臉丟得不小，感覺十分不爽，豈止是不爽，牠幾乎就是出離憤怒了：

花豹呀花豹，你小子也忒膽大妄為了，不知天高地厚，賊骨頭，竟偷到寡人頭上來了。寡人的戰利品，也是你動得的麼。簡直是吃了豹子膽，太歲頭上動土，反了不成！什麼？那原本是你的獵物，理應物歸原主。胡說！你說是你的，有何憑證？叫這羊子自己說說看，牠是不是屬於你（眾獅爆笑）。再說了，你小子難道沒長耳朵麼，豈不聞普天之下，莫非王土。不要說一隻羊，就是這草原上的一草一木，一隻小螞蟻，哪個不是寡人的家產，任寡人予取予求。不須放屁！有種你下來，看寡人不把你碎屍萬段。你不下來，耍賴。好小子，你不下來，寡人上去！噌地，女王縱身一躍，上了樹……

論爬樹，豹子於捕食類中當仁不讓第一，大中型哺乳類裡僅次於猴子和猩猩。這仰仗於牠生得既身輕如燕又強壯如牛，肢體協調性剛柔並濟已臻化境。豹與人類的近親黑猩猩相似，為半樹棲動物，除去下地捕獵河邊飲水，母豹於哺乳期以岩洞為育嬰室，豹常年以樹為家，日常活動如狩獵、進食、睡覺乃至交配，大都在樹上進行。獅子（和老虎）作為貓科有利爪為器，也能爬爬樹，於高度有限的低空內爬上跳下。這比腳爪不靈只會望樹興歎的犬科要強，雌獅逃避鬣狗圍攻的手段之一就是上樹。但是和豹相比，獅子的爬樹本領差了幾個數量級，因其體重是前者的兩三倍，四肢關節相對僵直，骨格過於剛硬，缺乏必要的柔韌性。

好個獅女王，還就是不信獅子不能上大樹這個邪，眼下竟以己之短攻敵之長，爬樹爬得有模有樣。筆直的參天大樹，不到一刻功夫，已經被牠征服了大半，真乃有志者事竟成。豹子看了，心下不由一驚，即刻呲牙咧嘴，自喉嚨深處發出低沉的吼聲：吾王請留步，得饒人處且饒人，兔子急了還會反咬一口，更何沉本豹。沒看見麼，我亮起的獠牙比你的還長還尖，穿林越木如履平地。這裡是我的世襲領地，容不得你來撒野。平原你稱王，樹上我做主，咱們井水不犯河水，豈不皆大歡喜。要知道玩火者必自焚，到時候悔之晚矣。忠言逆耳，勿謂言之不預。

女王的面色愈發陰沉，眼睛也由紅轉綠。牠以沉默作答，手腳加速，猱身直上，向對手討回公道的堅定意志，書寫在那疤痕濃烈的面孔上：御駕親征，利劍出鞘，不見血豈能收回。寡人是被嚇大的麼，都到這了，怎麼著也得和你過幾招。今天要讓你小子領教領教，寡人不僅是平原霸主，而且是全天候之王。轉眼之間，獅子逼近豹子的火力範圍，兩大貓科的空中血拼，一觸即發……

強敵壓境，豹停止了吼叫。威嚇的反饋不如預期，讓牠顯得有些技窮：難道還真要開打不成？沉吟片刻，牠做出了選擇——退卻，叼起獵物，轉身向更高處爬去。是欺軟怕硬臨陣脫逃，還是誘敵深入戰略轉移？行動來自直覺和經驗，牠自然心裡有數：對方前來拚命，避開為上。不到萬不得已，不與瘋狂得失去了理智的對手搏擊，哪怕握有幾分勝算。生存之道，重要的不是置敵於死地，而是給自己留生路。留得生命在，不怕沒飯吃。

好小子，想遛！女王不覺喜怒交集，喜的是綠林好漢原來徒有其名，不過是隻大一點的野貓，尚未交手已嚇破了膽；怒的是這野貓尚未完全臣服，還再做困獸猶鬥。大樹爬到這裡，枝杈叉分散，斜裡向上，不再那麼光滑陡峭，道路竟然豁然開朗。天助我也！女王不覺豪氣倍增，加大追擊力度：蟊賊，哪裡逃！

豹更上一層樓，距樹冠僅咫尺之遙，女王尾隨身後張牙舞爪，步步緊逼。豹回首，眼中噴出火焰：實在是逼人太甚，魚死網破，我和牠拼了！等一下，空戰兇險之極，稍有不慎就將翻身落樹，萬劫不復。防守重於進攻，對方身材碩大腿腳不靈，力大勢沉的長處無從發揮，明擺著我不會輕易輸與牠。但是，狗急跳牆，何況獅子，這傢伙愚蠢而張狂，極有可能會孤注一擲進攻。地盤侷促，躲閃不易，哪怕被牠的爪牙掠到那麼一記……

看來不可造次，不可逞匹夫之勇。對方雖驕橫之極，到底還是衝著我的獵物而來，不至於狂妄到將我當作獵物。挾帶著這百餘斤的肉，我又如何施展輕功。既如此，罷了罷了，再讓一次又如何，不過是損失半頓晚餐。不然的話，結局將是兩敗俱傷甚至同歸於盡，那豈不是得不償失。牠為了一頓飯食挺而走險，我又何必奉陪到底。想開了，不就是區區幾塊吃剩下的肉麼，好說。

豹，終於選擇了放棄，鬆口撂下獵物，一躍而上樹頂。女王見狀大喜，跌跌撞撞緊趕幾步，一把將獵物置於爪下，再傳報捷，笑傲江湖：哈哈哈，驅鬢狗，敗花豹，非洲天地之王，捨我其誰也！樹下群獅見了，發出一片歡呼，聲震沉沉黑夜、茫茫大地：吾王英武神勇，萬歲萬歲萬萬歲！！……

眾獅山呼萬歲，女王卻無暇回應，急不可待開始了行動：龐大的身軀擱在三兩根樹枝上，顧頭不顧尾，抱著鮮肉大撕大嚼起來，迅速進入幸福狀態，甚至懶得瞥一眼底下那些眼巴巴望著自己，嗷嗷待哺的子民：對不起了各位鄉親，近水樓台先得月，老子辛辛苦苦打下的江山，老子就該舒舒服服地坐。寡人捨身忘死拼來的食物，自己不先享用，豈有此理，天誅地滅！

頓時，獅群炸了窩，憤怒的吼聲此起彼伏：見者有份，怎麼能一個人獨吞……俺們在這裡給牠助陣了半天，到頭來竹籃子打水一場空……小的們都快餓昏了，陛下豈能見死不救……太不像話了，還女王呢，腐敗，墮落！……冷冷笑納眾人的抗議，高高在上的女王我行我素，大快朵頤得愈發從容：一幫白癡奴才，居然也懂得抗議，搞笑。不是有肉渣滓、碎骨頭，零零落落地掉下去，張開嘴巴接住就是了。那是你們的賞賜。要知足，知足者常樂哦。

一頭健壯的雌獅氣瘋了，一怒之下竟起了不臣之心，幾番磨拳擦掌，一個助跑，躍上樹去，努力爬將起來，要去向女王陛下討個說法。主子教猱升木，屬下有樣學樣，只可惜功夫還不到家，心有餘而力不足，沿著光溜筆直的樹幹勉強爬了個三四爪，就再也難以為繼。沒奈何，悻悻然折回地面，滿腔怒火也隨之煙消雲散：還別說，王就是王呀，一身的軟硬功夫雷得很，不服不行。算了，肉是牠掙來的，該由牠獨自享受。至於咱麼，天生就是吃肉渣滓、碎骨頭的命。

此刻，豹置身於孤樹之冠，上天無路，下有強敵層層封堵。落腳點不是結結實實的樹幹，而是一叢軟綿綿的枝條，隨風飄搖，險象環生。既來之則安之，豹，沒有亂了方寸，甚至沒顯出一絲焦躁。這樣的險惡場面，牠不是第一次經歷，相信也不是最後一次。努力把握著身體平衡，冷峻觀察著局勢發展，審時度勢，牠在耐心等待，等待著屬於自己機會的降臨。

上方的俯瞰，下面的仰望，眾目睽睽之中的女王旁若無人，用餐都自有一番王者氣度。轉眼間，幾大塊羊肉下了肚，算是大餐前的開胃點心，正式饕餮前的熱身。腸胃裡的空間依然廣闊，牠可是有著一頓幾十公斤的好胃口：嗯，這片啃得差不離了，只剩下筋筋拉拉的排骨，換個部位來吧。嘿嘿，那塊大腿看上去油水不錯，定是又肥又嫩。哎喲，咋感覺不大對勁兒，渾身哪哪難受。呵呵，寡人原來這是趴在樹枝上。如此享用晚餐，生平倒還是頭一回，難怪呢。嘴巴是享受，身子卻是活受罪了。不行，得動動，改變一下不合理現狀。

女王給自己叫一個暫停，慢慢直起身子，伸一個放肆的懶腰，活動活動有幾分麻木的四肢。再就準備換一個舒適的體位，以便悠哉悠哉地繼續享用美餐。不成想盤面窄小，牽一髮動全身，腳痛醫腳的體改竟引發了蝴蝶效應：樹枝震動，波及到了御饌。後者本來就懸掛於半空，搖搖欲墜，忽悠中失去了平衡，一個三百六十度前空翻，挾裹著百餘斤重量動能，衝破枝葉的重重攔阻，直墜而下……

天上還真能掉餡餅，而且還是肉餡的。樹下的眾獅本來望眼欲穿，口水流到了枯乾，這下一個個樂得瘋顛，你撕我搶，不亦樂乎。鬧騰間，一頭身手不俗的逮個機會，猛地撞開競爭對手，撲向那飛來橫財，一口緊緊咬住，扭頭撒腿就跑。其餘的哪裡肯依，跳著吼著撲打著，紛紛嚷嚷，追逐而去，轉眼間不見了蹤影……

此時不走更待何時，樹梢上的豹子閃電般展開行動：亮出超一流輕功，縱橫蹦跳、跨躍騰挪，彷彿一道自懸崖之巔奔騰而下的激流，婉轉穿行於層層亂石嶙晌，隨心所欲不逾距，板上走丸一氣呵成，十幾二十公尺高度，三、四秒功夫已飄然落地。隨即，心平氣定站穩腳跟，回首向樹上望去：恕不奉陪了，我的全天候之王。你好自為之吧。拜拜！

舒展舒展筋骨，抖一抖身軀，豹，放開腳步，大氣無聲，步履凝重而輕盈。歸去來兮，那美好的仗我已經打過了，有勝利，也有失敗，往日的一切已是過眼煙雲，前面的道路依然漫漫。今夕何夕，無情未必真豪傑，該約會我的豹妹去也，對不住讓牠久等了。夜，終於臨近破曉時分。神祕的林中幽靈，靜悄悄地走了，一如牠靜悄悄地來。漸漸地，那道孤獨的金色身影，消失於密林深處……

叢林重歸寧靜，月光透過薄如蟬翼的雲紗，依舊淡淡地照著，照著草原上的一草一木、萬千生靈，也照著盤踞於樹上，高處不勝寒的女王。

方才這一幕瞬息萬變，委實發生得太快，讓女王的思想嚴重準備不足。剛剛還是一呼百諾威風凜凜，轉眼之間變做了徹頭徹尾的孤家寡人。更要命得是，竟然被困在了這樹上，上不著天下不著地。往下看，哦暈，大地怎麼這麼遙遠。可愛的大地哦，你是寡人常年為所欲為的舞台呀，現在卻是咫尺天涯，可望而不可及。向上望，月亮怎麼這麼近，近得像是一巴掌能給搧下來。那月亮上有肉嗎，夠寡人一日七八餐享用的嗎？亂彈琴，有肉也不能到那兒去吃呀。只可恨寡人不會飛，還不如一隻小麻雀。這是咋說哩。

小的們，你們竟敢棄寡人而去，還搶走了寡人的美食。寡人可一向待你們不薄啊，你們如此忘恩負義，難道就不怕寡人和你們秋後算帳麼。不行，寡人要下去，下去找牠們報仇雪恨，將本族的那些逆子叛臣，異族的那些狗子、豹子們，統統殺個精光，才能出了這口鳥氣。寡人只信人定勝天，從來不信什麼邪，至死拒絕知天認命。

解鈴還需繫鈴人，女王苦苦琢磨著怎麼下樹。可是，這樹太高了，準確說是牠爬得太高了，這使得女王面孔上一貫的威嚴冷酷，破天荒置換為驚慌與恐懼。上樹容易下樹難，爬得越高摔得越狠，這些再簡單不過的日常道理，敢情上了樹之後才澈底明白。重量原來不是個好東西呀，平日裡總是最大限量地放縱嘴巴和腸胃，好讓自己變得更大、更重，因為只有更大、更重，稱王稱霸威震四方才更有本錢。眼下心情卻整個倒過來，真希望自己長的更小、更輕，最好是變作一隻小松鼠，甚至一條毛毛蟲。唉，只要能夠平安返回地面，叫寡人變成什麼都沒意見。

還讓女王鬱悶的是，怎麼豹子就有本事於樹間上竄下跳，跟做遊戲似的呢？你看牠剛才逃走時的表現，如同教科書一般完美典範。那麼，模仿牠就是了，現學現賣。於是女王頭朝下臀向上，戰戰兢兢開始了牠的下樹之旅。可惜女王不曉得，牠不是豹，照貓畫虎玩不轉。如反其道而行之，頭上腳下，四爪牢牢抓緊樹幹，慢慢往下蹭，雖然看上去比較狼狽，肚子也將磨掉半層皮，但最終脫離險境，或許還有幾分指望。

一尺、兩尺、三尺……，女王的回歸大地工程，初期階段進展順利。這讓牠不知不覺中，又產生了幾多想法，感覺自己真的變作了豹，不，比豹強得多，是兼俱獅子的雄壯身體，和豹子的矯健身手。再接再勵，寡人是由特殊材料製成的，天命在身，大樹其奈我何。趕緊下了樹，地盤上還有多少工作等著寡人去做呢，有多少仇家要殺，有多少肉要吃。生命不息奮鬥不止，活著是件多麼開心的事情啊。哦，寡人不能死，寡人要活下去，寡人要再活五百年。

黎明前的黑暗，籠罩著草原。沉沉夜空，映出叢林濃重的剪影，彷彿趴臥於大地上的一匹巨獸。忽地，那裡面傳來一聲不似獅子吼，而如鬣狗笑的尖叫，悠長而恐怖……

五

清晨，雲開霧散，旭日東昇。風兒微微地吹，鳥兒悠揚地鳴；小動物們探頭探腦鑽出洞穴，大動物們呼朋喚友結伴而行，紛紛開始了牠們有死亡也有誕生，嶄新一天的生命。

樹林中，草地上，女王掛了，名副其實地掛了，掛在了一根粗壯的樹枝上。腦袋耷拉著朝下，四肢也軟綿綿地朝下，有點像當年倒掛在米蘭羅雷托廣場上的墨索里尼。

兩個時辰前，下樹時一個不當心，或不走運，牠一失足成千古恨，在萬有引力的作用下，龐大的身軀產生了自由落體運動，於空中加速運行一段距離，隨即牠的脊樑骨，與這根擋駕的樹枝發生了剛性碰撞。碰撞的結果證明後者的硬度較佳，於是，前者一分為二，從中斷裂。女王，就此駕崩。

弒君的樹枝，距地面僅七、八尺，如果沒有它，事情的結局本來不至於那麼糟，但是節外生枝，悲劇到底沒能避免。女王，終究沒能回到牠無比熱愛及風光的土地。但最終掛於這麼一棵怎麼看怎麼不起眼的樹上，卻是牠生前萬萬想不到的。此刻，大堆的蒼蠅開始在女王的遺體上聚集，牠們驚喜地發現，這是一塊繁衍滋生後代的優質溫床。

一小群獅子，魚貫進入樹林，來到那棵樹下，一個個抬起頭，神情莊重肅穆，默默地向女王行矚目禮，緬懷牠生前的豐功偉績，寄託兔死狐悲的哀思，以此為牠送行。末了，那頭昨夜謀圖宮廷政變的雌獅，跳上樹去，伸爪將那屍身扒拉下來。高貴的女王，終於回歸大地。

儀式結束，葬禮仍在繼續：圍繞著女王的遺體，獅子們紛紛趴伏下來，開始共進早餐：撕咬開牠的表皮，喝牠尚未凝固的鮮血，啃牠還有餘溫的骨肉。是食物實在匱乏，還是生物的本性使然，只有天曉得。大自然在此，再次上演了冷酷得不可思議的一幕。無論如何，女王昨晚發出的來了就要見血的誓言，終於在牠身上得以實現。

「兮呀呀呵……矣呀呀哈……」，周遭暴起一陣狂笑，大隊鬣狗聞風而至。一見到女王的遺體，頓時比剛剛嚼過罌粟果還亢奮，磨牙霍霍，躍躍欲試：要知道，俺們從獅子那兒，掠奪過各種各樣的肉類，斑馬、野牛、長頸鹿甚至大象。而從獅子爪下搶獅子肉，這活兒還從來沒幹過。機會千載難逢，刺激！更何況，據說這還是牠們的一個什麼王呢。得，這堆肉，今天俺們要定了！

是可忍，孰不可忍，哪怕沒有雄獅和女王壓陣。雌獅、幼獅們起立，一齊發出憤怒的吼聲，以哀兵之姿，準備迎戰……

遠處，一棵高大挺拔的金合歡樹上，茂密的花葉裡面，透過洋洋灑灑的晨曦，兩道金色斑斕的身影，漸漸地接近、接近，最終融合為一體……

草原上，天蒼蒼，野茫茫，風吹草低見羚羊。優雅的體態、和平的性情，自然美好的生靈開始聚集。數隻……幾十隻……幾百隻……，如一條條小溪匯入江河，蔚為大觀的陣容，向馬塞馬拉這片廣闊的天地，發出了牠們無聲的宣言：

你們——豹子、狗子、獅子們——請看好了，這是我們的種族，其中的一小部分。我們食草類，羊群、牛群、馬群、鹿群等等，好比這平原上連綿不絕的青草。而你們，食肉類，不過是點綴其間的零星石頭。從遠古的劍齒虎、霸王龍，到今天的獅、虎、豺、狼，你們永遠也湊不成這樣繁盛的群體，有著如此壯觀的規模。存在即合理，比比看，誰才是更為優秀的物種。偶爾，你們可以毀滅我們的個體，但阻擋不了我們集體演進的腳步。適者生存而不是弱肉強食，神奇造物主制定的大自然法則，千古相傳不可抗拒。

晨風揚起，送來遠方的信息：去吉力馬扎羅山吧，那裡水草豐盈、林木茂密，更沒有野獸殺野獸、動物吃動物。去吧，那是你們的理想國、伊甸園。聞言，羊群萬蹄競揚、雀躍奔騰。藍天下，綠草上，映照著不盡天光，宛若一片火紅的雲，向那太陽昇起的地平線，飄然而去……

（二〇一〇）

獅子宣言

西元兩千某年，百獸之王獅子籌畫主辦了一個「全國動民代表大會」，邀請各類食草動物代表參加，洋洋大觀，盛況空前。開幕式上，獅子滿頭鬃毛迎風招展，仿佛一頂血光閃閃的王冠。只見牠儀態莊嚴、神采奕奕，龍行虎步登上一座高聳的磐石，面對台下成千上萬的大小動物，聲若洪鐘、熱情洋溢，發表重要講話：

「非洲大草原上的百科動物們，我最最親愛的子民們，大家好！很高興、很榮幸你們前來參加我們這個代表天下全體動物的嘉年華會，同胞們、親朋好友們辛苦了，在此向你們致以我最衷心的感謝和敬意！還記得多少年前，天下大亂，群雄並起，百獸爭鋒。經過長期的浴血奮戰，殺伐征討，我終於如願以償擊敗眾多競爭者，一統天下，大功告成。於是被你們全體一致推舉做你們的國王，做你們唯一全權，至高無上，無可取代，千秋萬代的王。我自付才疏學淺，德不配位，可是國難當頭，義不容辭，只有勉力而為，知難而上。從此以後，獅王我就成為了你們的再生父母，比你們的親生父母更親，更親一百倍、一千倍、一萬倍！……」（台下掌聲雷動，經久不息）

「作為你們的衣食父母兼忠實公僕，高風亮節正大光明，慈悲為懷憂國憂民，兢兢業業勤儉奉公，盡最大努力養育你們，保護你們的生命財產不受侵犯，為你們爭權益、謀富利、創未來，簡而言之一句話──『全心全意為動民服務』，就是獅王我此生此世光榮的職責，神聖的義務。只要獅王我活著一天，就要為這個無尚崇高的宏偉事業勤勤懇懇工作24小時，分分秒妙不停歇。正所謂生命不息奮鬥不止，鞠躬盡瘁死而後已，捨己為民仰不愧天！……」（台下掌聲雷動，經久不息）

「自加冕以來，在我獅子王偉大、英明、正確的領導下，我們動物王國天下太平、欣欣向榮，舉國上下無遠弗居，一派蒸蒸日上、繁榮興旺的景象。是獅王我，給你們提供了漫山遍野的青草蔬果；是獅王我，給你們引來了取之不盡的河水甘泉；是獅王我，給你們創造出了明媚的陽光和清新的空氣。從此草民百姓衣食無憂、和諧安康；路不拾遺、夜不閉戶；五穀豐登，財源茂盛，生活得前所未有地幸福美滿，動物王國不是天堂，勝似天堂呀！……」

（台下掌聲雷動，經久不息）

「還是獅王我，大義凜然奮不顧身，長年累月與四面八方的邪惡勢力作殊死抗爭，捨生忘死堅苦卓絕，最後終於取得了偉大的歷史性勝利，成功地將你們從那些窮凶極惡、貪得無厭的掠食猛獸的爪牙下解放出來，從此全國動民站起來了，翻身做了我們古老王國的主人，史無前例地獲得了公正、平等、自由等所有的動物權利，就此免於世世代代被奴役、被壓迫、被屠戮、被吞噬的悲慘命運。千秋功業莫此為甚啊！想想看，假若沒有獅王我，沒有我為有犧牲多壯志敢教日月換新天的大無畏精神，沒有我的浴血奮戰忘我犧牲，所有的你們，你們和你們的家人，你們這些善良無辜，沒有任何自衛能力的食草動物，如今仍將生活在水深火熱、牛馬不如的悲慘境地中，或早或晚都將被那些饕餮嗜血的丑類如非洲鬣、東北虎、美洲豹、北極熊、澳洲狼等無情捉住，進而被殘忍無比地生吞活剝茹毛飲血，最後粉身碎骨，死無葬身之地！……」（台下掌聲雷動，經久不息）

台下，黑猩猩、大猩猩面露悲憤，沉默不語；猴子、狒狒抓耳撓腮，苦思冥想……

其它在座者，絕大多數動物代表，千萬頭山羊、黃羊、羚羊、斑馬、角馬、河馬、水牛、野牛、犀牛、兔子、大象、長頸鹿，等等，為獅子宣言感動得熱淚盈眶、五體投地，剎那間，群情振奮，歡呼雀躍，聲震八方：「吾王神武聖明，大慈大悲，大恩大德！祝吾王萬壽無疆，萬歲！萬歲！！萬萬歲！！！……」

山呼海嘯萬歲聲中，獅子內心空前膨脹，表面上卻不動聲色，頷首微笑，做謙遜狀。與此同時，身體內部發生了一系列生理變化，只是不以主觀意志為轉移，一時間，只感到口乾舌燥，肚皮深處傳來陣陣不耐煩的吼叫。牠努力保持著君臨天下的領袖風度，一面含笑揮爪，慈父神明般接受著萬眾歡呼，一面緩緩走到講演台邊，隨即一躍而下，轉身衝進小樹林，嘴角帶著一絲王者特有的品牌嘲笑，朝著草叢中一頭美麗而豐腴的母羚羊，猛撲過去……

（二〇一二）

歷史

中西文化比較：論哭談死

總體而言，老中的性格含蓄、內斂，喜怒悶在心裡，不輕易呈於形色。如此，男人謂之深沉，女人謂之嫻靜，都是褒義。而老外則正好相反，外向，大開門；愛笑，調侃幽默，嘻嘻哈哈，好像缺心眼兒、沒正經似的。

只在一種特殊情景下，老中和老外的性情整體調了個個兒，內向的老中成了外向的老外，外向的老外成了內向的老中。什麼情況下？——死人的時候。

死了人，老中講究如喪考妣、呼天搶地，即使做不成孟姜女，也得有那架勢，不然就是個態度問題，就是不悲傷、不孝順、不忠義。總之民憤極大，幾乎構成死罪一樁了。

於是乎，為了顯示態度端正、政治正確，死了親人的老中必須哭，不光自己哭，親朋好友還要陪著哭，甚至花錢僱請專業「哭喪隊」來哭。哭也大有講究，首先，不能躲在暗室裡哭，那不算數，得在大庭廣眾下哭。再來，不能默默垂淚飲泣吞聲，要放聲大哭聲淚俱下，這才符合哭的標準。哭要哭出個氣勢來，哭得萬木蕭瑟、感天動地。

總理青天薨了，十里長街齊哀鳴；萬壽無疆崩了，幾億子民共嚎啕。中國人哭的本事，至此史無前例登峰造極，足以載入吉尼斯世界紀錄。該笑的時候哭，該哭的時候笑，過去這半個世紀，老中沒少幹這令人哭笑不得的事情。——扯遠了。

回過頭再來看老外：死人的時候，他們突然變得內向了，沉默寡言，自恃穩重。他們也哭，卻是無聲地哭，默默拭淚獨自唏噓的那種。西方人的葬禮上，絕無一片嘈雜的嚎哭，那裡凝重沉靜、莊嚴肅穆，傷逝的悲哀於無聲的默禱中超越昇華。

老中、老外對待死人的態度，不過是各自主觀世界的客觀反映。在老中看來，人死燈滅一了百了，親人就這麼歿了，從此有福不能同享，有苦不能分擔；天人永隔，再無重逢的可能，不由不哀從中來、悲不自勝。

而在老外看來：人乃世上過客，生老病死掌握在上帝的手中，死亡是遲早必然的解脫。不死的靈魂升上天堂，在哪裡等待著未亡人。既然有這等美事，節哀順便聽從天命，生者又何樂而不為呢。

（二〇〇七）

中西歷史比較（一）——株連九族

一人犯罪或並沒有犯罪，株連屠殺其全家包括父母子女兄弟姊妹、沾親帶故的三族、七族、九族乃至十族，是中國歷代統治者的傳統專利，於人類歷史上獨一無二，舉世無雙。

「滅族法」大約始於春秋甚至更早，伯嚭父伯郤宛為楚令尹（國相）子常所殺，並株連全族。歷代相傳，直至大清康雍乾盛世。雍正因一句「清風不識字」將作者徐駿滅族；乾隆因一句「一把心腸論濁清」將作者胡中藻滅族。更奇的是，連死人都可以獲罪遭滅族，乾隆因「奪朱非正色，異種也稱王」兩句詩，將已死的作者徐述夔剖棺、戮屍、滅族。

明朝朱元璋、朱棣父子都是心理極度陰暗變態的典型，罕見的喪盡天良人性。二人共執「滅九族」之牛耳。朱元璋專滅自己的開國功臣家族，朱棣專滅前任建文帝忠臣的家族。最著名的是滅了拒絕向自己臣服的方孝孺博士包括學生在內的十族，凡八百七十三人，砍頭砍了整整七天。十族到底也有個限度，還嫌這不夠狠，於是朱棣更進一步，發明一種叫作「瓜蔓抄」的連坐法。依據此法律，凡與「罪犯」有任何蛛絲馬跡關係的人皆可因之滅族。那可真是一人獲罪，幾十個家族波及，幾千顆人頭落地，鄉裡相近數個村落被殺個一乾二淨，渺無人煙。如忠貞義士景清謀刺暴君不成，被朱棣「瓜蔓抄」，景姓幾乎被滅絕，慘絕人寰。

今天一人得道雞犬昇天，明朝滿門抄斬斷子絕孫，在中國各朝代司空見慣。那時可不比現在——時代到底進步了，當官是一項風險性極高的職業，比如漢武帝的七、八個宰相就大半不得善終。自明清文字獄問世以來，寫作也成了高風險工種，直至當代。

中國歷代各朝，一人定罪——尤其是最常見的「謀逆罪」，可株連其親族——小到全家大至九族，都是明文規定，白紙黑字地寫入國家「憲法」之中的。這「株族法」在世界歷史上，即使不是獨一無二，恐怕也是鳳毛麟角。更不要忘了，從古至今，法律在中國從來都是一塊千瘡百孔的遮羞布。

中國的滅族文化一直延續到二十世紀的七〇年代，三反五反、反右、文革中的「血統論」、「出身論」、「老子英雄兒好漢，老子反動兒混蛋」，乃一人犯罪株連九族的現代版。

一人有罪一人當，為什麼要株連其廣大的無辜親屬？一株草敗了，為何要連根剷除周圍一大片？目的無非有三：一是嚴懲報復，血債或非血債要用血來還；二是斬草除根，杜絕死灰復燃的可能性；三是警戒他人，殺雞給猴看。我們中國人一向特別重視「血統」，一人的血髒了，與他沾親帶故的所有人的血也一定都不乾淨，所以需要連鍋端，所以需要除惡務盡，「寧肯錯殺一千，也不放過一個」、「宜將剩勇追窮寇，不可沽名學霸王」。

古往今來世界各地，尤其是古希臘羅馬以降的西方諸國林林總總的統治者們，都沒有斬殺罪犯並株連滅族的傳統（不排除存在個例），株連九族是中華民族特有的政治文化，獨步世界文明之林。

說中國歷代統治者乃是人類史上最為血腥殘暴的一群，恐怕沒有冤枉他們，但要以此證明中國人的天性比世界上其他眾多民族更殘忍，倒也不是客觀事實。那麼為什麼中國歷代統治者的行事為人如此地滅絕人性呢？答案在於文化制度。中國的皇權制賦予了皇帝沒有任何限制的超級權力，既然可以無法無天為所欲為，而不受任何律法、習俗及社會各階層民眾自發的制約，人的罪惡天性就如魔鬼被釋放出了關押它的瓶子，最大限度地膨脹擴散開來。當人變成了野獸，人比野獸殘忍千萬倍。故而，若要改變人類天生的惡性，必須從改變文化制度著手做起。

（二〇〇七）

中西歷史比較（二）——骨肉相殘

中國歷史上圍繞著爭奪皇（王）位，六親不認骨肉相殘，其廣度和深度皆登峰造極，不愧為世界之最。

父子（女）相殘、母子（女）相殘、夫妻相殘、兄弟姊妹相殘、遠近親屬相殘，等等等等，每朝歷代不絕於史，罄竹難書數不勝數，天道人倫喪失殆盡。

屠戮手足骨肉、滅絕至親宗族的昏君、暴君如秦二世、隋煬帝、唐玄宗、雍正等就不用說了，只舉兩、三個直到現代我們還津津樂道、引以為豪的千古明君的事例吧：

漢武帝、唐太宗、武則天：劉徹為保皇位猜忌心重，殺了自己的前妻、後妻（都是將繼承皇位的太子的親娘），兒子女兒孫子侄子，及堂叔一家門；李世民為篡奪皇位，手刃自己同父同母的哥哥弟弟，再斬草除根，將這對難兄難弟的子女和近親上百口斬盡殺絕，連幾歲小兒也不放過。只留下了一個弟媳婦，在殺了自己這老情人的兩個兒子後，將她納入後宮，榮升為皇妃。

都說虎毒不食子，可女強人武曌不信這個邪：頭胎女兒剛出生，竟給她親手活活掐死（這產婦的身心素質絕對超一流，難怪後來活到八十多歲），只為了嫁禍於人誣陷當朝皇后，自己好取而代之。如願以償後肚皮也很爭氣，一連產下四個龍種。幾十年內殺掉兩個德才兼備的，放逐另外兩個稀鬆窩囊的，掃清了前進路上的絆腳石，終於大功告成登上帝位，武曌從此青史留名。

（有笑話說武則天與唐太宗相聚於地下，唐太宗怒問：賤人，你為何嫁給我兒子？再殺害我的孫子、孫女？武則天笑答：英武的陛下可以殺你爹的兒子，臣妾為何不能殺你兒子的兒子呢？嘻嘻。）

回頭再來看西方歷史，各族各國為爭奪王權而骨肉相殘的，筆者孤陋寡聞只風聞區區數例：古羅馬，暴君尼祿為爭權奪利謀害了他親娘；俄國，伊凡雷帝幹掉了他舅爺和叔父；亞歷山大二世有弒父嫌疑，但詳情不明，為歷史懸案。其他的像法國母狼王后誅同性戀丈夫英王愛德華二世，伊凡雷斬妻戕子，亨利八世殺妻，其根本原因都不是為了爭奪權位，故與本主題不相關。另外《聖經》也記載了以色列宮廷內骨肉相殘的個別事件，如大衛和押沙龍等。最接近中式宮廷骨肉相殘的外國為奧斯曼帝國（土耳其的前身），五、六百年前其鼎盛時期，繼位者屠殺兄弟侄子成為了一種法律制度。奧斯曼的祖先為活動於中國北部的遊牧民族突厥，唐朝時才遷移去中西亞。其骨肉相殘惡習是不是從漢民族那裡借鑒來的，也未可知。另外奧斯曼帝國也是中國以外，世界歷史上唯一存在過太監與嬪妃制度的王朝。

西方人親屬之間不存在爭權奪利嗎？不搞你死我活嗎？也來看看事例：比李世民稍後，同樣以非凡的文治武功名揚後世的神聖羅馬帝國皇帝、法蘭克國王查理曼，怎樣懲罰自己叛逆謀反的兒子呢？答案是將其剃個光頭，送進修道院當教士，學習聖人典籍，體驗宗教生活。

類似中國近親相殘的事例不好找，有名的「反例」倒有一個：

西元前四四年，凱撒為他最為器重的養子布魯圖斯所弒。後者行兇的動機不是為了搶班奪權，而是恰恰相反。當時凱撒名震四海權勢滔天，對已有的官方職務「終身獨裁官」和名號「祖國之父」仍不滿足，於是有意顛覆民主體系的共和制，廢除議會元老院，取而代之，登基做羅馬帝國皇帝，建立君主獨裁制。為了阻止養父的倒行逆施，拯救羅馬的民主制度，布魯圖斯決定大義滅親。他聯合了幾位議員同志，謀劃實施了對凱撒的刺殺。

這事在我們中國人眼裡看來，荒誕不經得離譜，整個一齣天方夜譚。要知道相對而言，歐洲人不那麼重視血統的正宗性，毫無血緣關係的養子也有繼承權。如果老凱撒加冕為羅馬皇帝，布魯圖斯只要見風使舵曲意逢迎，將來繼承大統的太子之位則非他莫屬，金燦燦的帝國皇冠就在向他招手了。得來全不費工夫，天大的一樁美事呀。可這弱智布魯圖斯放著金光大道不走，偏偏要走獨木橋，說什麼：「我愛凱撒，但我更愛羅馬！」為了這一句流傳千古的名言，生生把自己整成了個人民公敵，身敗名裂流竄異鄉，最後死於凱撒的另一個養子，羅馬首任皇帝屋大維之手。英雄末路，臨自盡前，布魯圖斯又是一句名言：「我要逃，是的，不過這次不是用腳，而是用手。」

泛泛而談中式骨肉相殘，舉例難免不周，還望博學之士指正。不過，中國歷代統治階層為爭權奪利，而六親不認骨肉相殘的這個「世界之最」，恐怕不那麼容易翻案。

泱泱文明古國，忠義仁孝之邦，嗚呼！

（二〇〇七）

圓明園

我們從小被耳提面命灌輸洗腦，接受的是階級鬥爭、民族仇恨教育，經年累月，污泥濁水於心靈結成頑石，長大成人後，獨立思考能力極度殘缺，大腦的一大半已經不屬於自己了。

話說這號稱萬園之園的圓明園，本是皇帝家族的私家莊園，所謂御花園。御者，皇家專用品，他人不得染指，違者殺無赦。御花園建築於山高海深的民脂民膏之上，供皇室一家子消費享受。草民百姓可有進去到此一遊的權利，絕對沒有。不要說進去，就是偷偷趴上牆頭朝裡面張望兩眼，也要付出腦袋被搬離肩膀的代價。這整座園子是皇帝從百姓那裡搜刮搶奪來的，皇帝是最大牌、最不講理，但又最名正言順的強盜。園子越宏偉壯觀富麗堂皇，越證明皇帝大盜的窮奢極欲殘暴成性，與草民百姓的水深火熱苦難深重。

之後，皇帝大盜和西方列強鬧了矛盾，後者輕輕鬆鬆收拾了外鬆內狠的前者，順便將這作為皇帝大盜威嚴堂皇、富甲天下象徵的園子給洗劫、搗毀了。這對於草民百姓來說有什麼利害關係，這園子從來就不屬於你們，燒還是沒燒都和你們沒有一毛錢關係。整個事件充其量不過是兩個強盜之間你爭我奪的一齣鬧劇。西方列強搶奪、銷燬的是中國大盜的贓物，而不是中國百姓的公共財產，百姓為此痛心疾首個啥。不去譴責直接欺壓、掠奪你們的皇帝大盜，而將仇恨的怒火傳宗接代燒向西方的間接強盜，又是何道理。這就好比有那麼一個惡霸族長，在家族內部欺男霸女無惡不作，一日鄰村族長帶人來把惡霸族長痛扁一頓，順便將他家的豪宅給洗劫燒燬了。按理說對於那些長期被惡霸族長欺壓凌辱但又敢怒不敢言的男女老幼，這應該是一件為他們出了口惡氣的大好事情，實在沒有任何理由為此而氣憤難平。客觀上，西洋強盜幫助中國百姓狠狠教訓了皇帝大盜：不要關起門來老子天下第一，甭以為你可以世世代代魚肉百姓作威作福下去。你今天有的，明天就可以被奪取。

回首歷史，當年西楚霸王項羽一把火整整燒了三個月，將三百里阿房宮——那建築於千千萬萬奴隸屍骨之上的大秦王朝的皇室私家園林——夷為平地。後代史家沒人為此找他麻煩，草民百姓更是為其喝采，都說燒得痛快，給後世的獨夫暴君一個教訓，以儆效尤。如今一樣是燒皇家園林，唯一不同的是放火者由同胞換成了洋人，國人的怒火為何就沖天而起，世代相傳刻骨銘心呢。同樣是燒皇帝老子的贓物，厚此而薄彼，何也？遠有項羽燒阿房宮，不妨礙他成為曠世英雄。近有毛澤東，依仗欺騙加暴力手段竊國後毀滅文物無數，比如北京老城牆。

上世紀九〇年前後住海淀藍旗營，圓明園三天兩頭去，自行車走東門，長驅直入不用門票。有郊外農民在裡面放馬牧羊，還有零散住家在裡面。整個園子騎車十幾二十分鐘轉完，由此可以想見其鼎盛時的規模。從大水法等遺蹟可以管窺當初的大致模樣，不過是一些山寨版巴羅克風格的西洋建築，中西結合的有些不倫不類，作為園林建築藝術價值並不高，和古希臘、古羅馬數千年前的遺蹟不可同日而語。要說歷史文物價值，從一七〇九年開始興建到一八六〇年被燒，最多不過一五十年壽命的圓明園，比有著七百多年歷史，歷經元、明、清三個朝代，獨具中國特色的北京城牆有著天壤之別。珍貴無匹，世界物質文化遺產級別的北京城牆，「解放」後被一句最高指示徹底拆除。這和塔利班炸燬巴米揚大佛，「伊斯蘭國」（ISIS）搗毀亞述古城遺址等同性質的反人類罪行，國人的反應又如何？他們在乎嗎？答案是他們沒啥反應，他們一點也不在乎，當年毀時不在乎，五十年後仍不在乎，非但不在乎，相反至今還把毀滅者奉為民族大救星。符合邏輯地提出一個假設性問題：假設圓明園沒有在第二次鴉片戰爭中被英法聯軍燒燬，而是於文化大革命中被紅衛兵奉偉大領袖的旨意燒燬，國人對此的心態將會如何？外國人燒就是國恥，中國人自己燒又是什麼「恥」呢？

經過半個多世紀黨國的大力洗腦，國人已淪為教化產物，歷史觀隨之嚴重扭曲。比如屠殺中國人數以千萬計的成吉思汗、張獻忠，如今竟被捧成了民族英雄、農民起義領袖。圓明園就是因為被外國人燒的，所以痛心疾首到了今天，好像被燒的不是皇家剝奪百姓而來的私產，而是他們自己祖宗留下來的庭院，而對僅僅四五十年前最大國寶之一的北京城牆的人為毀滅卻無動於衷，麻木不仁到了極點。自己人打、砸、搶、燒、殺沒問題，外人幹就是罪大惡極，視為國恥永誌不忘。面對如此可悲又可憐的愚昧民眾，不得不說，圓明園，燒掉一座太少。如果圓明園還沒能把你們燒醒，將來會有更多的圓明園等在前面。正所謂：「秦人不暇自哀，而後人哀之。後人哀之而不鑒之，亦使後人而復哀後人也。」（唐・杜牧《阿房宮賦》）

其實，中國人非但不該仇恨，相反應該萬分感謝西方列強才對。沒有鴉片戰爭，沒有八國聯軍，皇帝大盜的根基不會輕易動搖。那樣的話，很有可能今天的我們，男人還拖著油光水滑的大辮子，女人還顛著三寸金蓮的小腳，三拜九叩山呼萬歲呢。那圓明園倒是還在，且更加富麗堂皇，但我等草民百姓，如果腦袋不想被人搬離肩膀，對其還是遠遠繞著道走為妙。

（二〇一〇）

社會

「我永遠不要做一個美國人！」

約翰是我當年在馬里蘭T大計算機房打工時的工友。

他身材健壯，面目端正；看上去大約三十來歲，其實已經五十掛零。黑人不顯老，當真。難怪他們自己宣稱：黑就是美。

約翰為人隨和，談吐風趣，見誰都打哈哈、開玩笑。人人都喜歡他，他好像也喜歡人人。

和他單獨坐班多次，漸漸地談得深了，這才發現了他爽朗笑聲背後的一面。

他說他有兩個學位，一個是神學，另一個我忘了。原先經商，發展到百萬富翁，長子女兒念的都是哈佛。後來被人迫害破產了，才不得不重返課堂，想學點實用本領謀生。

我聽了，同情之餘不以為意，但接下來的談話卻叫我心驚，我們談到了在工作場合被視為禁區的種族問題。以下是約翰對我講的：

「我不信上帝，我學的越多，信的越少，因為這世界上沒有公平。」

「在這個國家，我們是下等公民；在人們眼裡，我首先是一個黑人，然後才是一個人。」

「歷史上，白人強暴了我們所有的女人；今天他們又把我們的孩子統統送進監獄。」

「毒品是白人的新式武器，任憑毒品泛濫是他們的陰謀詭計，用來消滅我們黑人。」

「我恨這個國家，我想回到非洲老家去，卻又不知道我的故鄉在哪裡。」

「我永遠不要做一個美國人！」

轉眼十餘年過去，約翰的話，約翰的悲憤，我不能忘記。

（二〇〇四）

美國的拾荒者

二月，密西根的冬天正值刀鋒。

週六，睡了一個懶覺，起床時已是上午九、十點鐘。照以往的習慣先踱去窗前，自公寓的三樓向外眺望。大地白雪覆蓋，天空濃雲密佈；寒風凜冽，鳥獸無蹤。

咦，那不是兩個活物麼，我叫了起來：

「雯，你快來看呀。」

「你又發現了什麼？」妻走來我身旁。

「大清早的，那一黑一白兩個傢伙，在垃圾箱裡翻著什麼？好怪。」

「這有什麼奇怪的，我猜他們一定是在找易開罐。」

「找易開罐？」

「有些空飲料罐超級市場回收，一毛錢一個呢。」

「這麼說他們是撿垃圾的，住了這麼多年公寓，這還是第一次看到。」

「我也是，在城裡街頭倒是見過一些。」

「空罐頭混著垃圾裝在口袋裡，他們這樣表面翻翻能找到幾個呀？」

「是不容易，積少成多吧。」

「冰天雪地的。」

「怪可憐的。」

「對了，我們不是也攢有不少空罐頭嗎？」

「一直忘了收拾一下拿去店裡換錢。」

「要不然……要不然就給他們得了，也算發一次善心。捨得嗎？」

「你要發善心就發吧，我沒意見。」

我立即行動起來，將廚房洗碗池下的一堆空飲料罐裝袋，看上去約有三、五十個吧，應該拿得出手了。

飛奔下樓，正好堵住拾荒者離去的路，黑、白、黃三個男人相聚在雪地。

「早上好！先生們。」

「早上好……」

「對不起，可以問問，你們需要可樂罐嗎？」

「是……」

「我這裡正好有一些，你們拿去吧，如果不介意的話。」

「謝……謝謝……」

前面的年輕黑人自我手裡接過口袋，後頭的大鬍子白人眼裡射來感激的目光。

「有個愉快的一天！」

「你也是！」

氣喘吁吁奔回樓上，自我感覺像個凱旋的英雄。

「給了？」

「給了。」

「他們怎麼說？」

「謝謝唄。」

「沒別的？」

「我想這些夠他們翻一、二十個垃圾箱的。」

「瞎得意什麼。」

「不是得意，是有些感慨。」

「哪來那麼多感慨。」

「他們正經是堂堂的美國公民，而我們，在這個國家連二等公民都不如。」

「美國公民又怎麼樣呢，就不能撿垃圾了麼？」

「今天的美國公民就像當年的古羅馬帝國公民，說起來好像高人一等似的。」

「其實美國公民也有各種各樣的，你不是見過不少麼。」

「這麼多年，除了享受平等交稅的權利，在這個自由民主的國家，我們沒有任何政治權利；而許多像他們這樣的美國人，卻要用我們的稅金去養活，真不公平。」

「又發牢騷，誰也沒請你來，不服氣就回國去。美國讓你待下去就不錯了。」

「沒聽說過嗎，稅即權利。可天下哪裡有絕對的平等，即使在這個人稱最講人權的國度，想想真悲哀。」

「大清早的悲什麼哀啊，想通了就是這麼回事情，知足常樂吧。」

「我突然有個念頭，說出來你別害怕。」

「你又有什麼念頭？」

「我想請他們吃頓午飯，去中餐館，趁機採訪採訪他們。」

「你瘋了嗎？他們很可能是吸毒的癮君子，才落到今天這個地步。」

「這也正是我感興趣的，我想聽聽他們的故事，然後寫篇文章。我不是正計畫寫一個『美國百態』系列嗎，他們的故事一定很有意思。我可不是白請他們。」

「別犯傻了，他們才不會理你這個老中記者。」

「蒲松齡就是專門請過路人免費吃喝，以交換他們肚子裡的奇聞逸事，聊齋就是這麼寫出來的。」

「可你不是蒲松齡。別胡扯了，你就不怕他們搶你，甚至殺了你？」

「不會吧，我好意請他們吃飯，他們怎麼會傷害我？」

「我不讓你去，你的胡思亂想真叫人害怕。」

「哈哈，別擔心，親愛的，我說著玩的……」

那天過後，我每天仍時不常在窗前眺望，卻再也沒有看到這兩個美國拾荒者的身影。自己也不知道，如果再見到他們，我有沒有勇氣向他們發出下館子的邀請。

（二〇〇六）

花瓶裡長出兩棵毒草來

來美留學前在北京民革中央所屬團結報社工作過幾年。「民革中央」為「中國國民黨革命委員會」的簡稱，一九四八年由李濟深、宋慶齡、何香凝、馮玉祥等人創建。中國共產黨當政後，一直扮演所謂首席民主黨派的花瓶角色，算一種有職無權的高級奴才，鷹犬倒還排不上號。

不承想我離開後，短短幾年內，兩位民革中央老領導先後捲入兩件驚動全國的大案，讓人眼鏡跌碎了一地。敢情花瓶也不安於室，也有能耐鬧出點驚天動地的事情來：

先是民革中央主席、全國人大副委員長李沛瑤（李濟深第五子），一九九六年被他的武警守衛張金龍斬殺。官方說法是張金龍監守自盜，偷李家東西時被李發現，於是殺人滅口，實屬罪大惡極，不殺不足以平民憤。坊間說法是李沛瑤強姦了他的小保姆，也就是張金龍的妹妹。張為妹妹復仇手刃強姦犯，實乃義勇壯士（參見吳歡《大人物的面子與小人物的尊嚴！——評〈李沛瑤遇害以後〉》）。張金龍投案自首後，三個月內被當局迅速定罪處死，殺人償命的效率極高。（請對比一下谷開來謀殺案的判決。）

無獨有偶，緊隨其後的是民革中央名譽主席、全國政協常委孫越崎，捲入震驚全國乃至全世界的「清華鉈毒案」，其孫女孫維（現身分證名孫釋顏）為此案的唯一嫌疑人。朱令案現已路人皆知，無庸贅述。只想就此案談一些個人看法：

有人說民革中央作為裝點門面的花瓶、遮羞布，孫越崎等沒有任何實權，平時俯首貼耳唯唯諾諾，只有開二會時鼓掌舉手，奉旨投票的權力。現在怎麼能夠受到我黨中央高層的特別庇護，親屬捲入了謀殺案居然可以逍遙法外。徇私舞弊，草菅人命，姓錢不姓趙的民革中央的頭頭腦腦達不到這個級別，沒資格拿到免死鐵卷，享受這個莫大特權。

此說不是別有用心為嫌疑人開脫，就是愚昧無知，對基本運作缺乏起碼的了解。先打一個粗俗的比喻：我豢養了一條狗，牠自己或者牠的犬子犬孫，咬傷或咬死了路人。眼見我的寵物狗兒闖了大禍，作為牠的主子，我能夠不竭盡全力為牠遮掩開脫嗎？牠犯下的任何罪行，我自然全都有份，最起碼有一個養不教的過錯。

中國共產黨一向熱衷自我標榜「偉光正」，現在它的花瓶裡長出了毒草，豈不大大有損它的顏面，而臉面就是它的性命。於是乎，奴才惹出來的禍事，上升到了攸關黨光輝形象的政治高度。這就意味著非管不可了，而且既然管了，就要一代天子一代天子地管下去，哪怕天下洶洶，也要死硬到底。案情真相事小，死幾個小民事小，而黨偉光正的形象事大，兩者天壤之別不可同日而語。

徇私舞弊草菅人命，於黨來說還不是小菜一碟麼，早就得心應手遊刃有餘了。當著全世界撒謊，從來都是臉不變色心不跳的，諸如三年人禍沒餓死人，六四天安門廣場上沒殺人，等等等等，舉不勝數。去年重慶的王督頭如果不是逃到了美國領事館，將驚天大案暴露在光天化日之下，那被毒死的英國佬，還不就是一條被毒死的野狗，哪能指望有真相半白的一天。

眼下被下毒的不過是一芥草民，並且不是還活著嗎（這次倒是真沒死人，雖然生不如死），好死不如歹活著，還折騰個啥。指望黨自損顏面去為她伸冤雪恨，豈不是與虎謀皮異想天開。不要拿法律壓黨，法律不為黨服務，那還要法律幹嘛。清平世界，朗朗乾坤，我是黑社會我怕誰，黨就是冒天下之大不韙了，爾等小民又其奈我何！

（二〇一三）

個人

屠貓記

「看熱鬧囉！看熱鬧囉！……」

樓道裡傳來孩子們的喊叫，我聞聲衝出家門，沿著四樓樓梯，三步並作兩步往下奔……

跑出樓門洞，抬頭向大院當中空地，不遠處的一棵大樹下黑壓壓一片人，總有好幾十個，大多是孩子，大的、小的，以男孩居多。發生了什麼事？

我家所在這大院，位於北京西城區阜城門外展覽路，四座四層紅磚尖頂樓房，甲乙丙丁，對稱圍起一個長方形，俗名「四眼井」。四眼井的居民大多為國家幹部，上至司局長，下到臭老九，比如我父母。

那時正值文革，據說這四眼井在京城還小有名氣，啥名氣？青少年打群架的名氣，好像「震」過海軍大院、空軍大院什麼的，具體情況不清楚。只知道多少年後，大院倒是出了一個震動全國的人物，名叫魏京生，丙樓一個局長的公子，當時也是個打架鬥毆的主。

加入看熱鬧的人群，很快我便弄清了當前的形勢：肇事者是一隻貓，確切說是一隻野貓，一隻沒有家，或是有家但非法闖入了我們大院的野貓，於是享受到小貓過街人人喊打的待遇。

我來晚了，開始發生了什麼沒趕上親眼目睹，眼下的情勢是：野貓上了樹，被追打得竄上了高高的樹。樹下的青少年不肯就此善罷甘休，紛紛商量著怎麼辦，如何將這不速之客捉拿歸案，或是就地正法。

有人往上扔石頭、磚頭（京城青少年打架，很有名的一句話叫「抄磚頭」），但顯然不夠準頭，小貓一面緊緊趴在樹枝上堅守著陣地，一面發出聲聲哀鳴，不知道是求救還是討饒。牠顯然已經意識到：自己今天恐怕是凶多吉少，在劫難逃了。

我那時大約八、九歲，小了點，又非來自高幹家庭，背後沒什麼哥們撐腰，現在碰上這種大場面，沒有動手參與的資格，只有在一旁看熱鬧，起鬨架秧子的份兒。

這時候站出來幾個頑主，從身上掏出橡皮筋彈弓，開始向樹上射擊，火力頓時猛烈，精確度更大大提高，入侵者身上接連中彈，發出「撲哧、撲哧」的聲音，整隻貓很快就被「花」了。突然，一發石彈不偏不邪，正中小貓的一隻眼睛，只聽得一聲慘叫，貓兒從十米來高的樹上一頭栽了下來……

人群發出一大哄，群情激憤爭先恐後，拎著磚頭、棍棒圍上去，要給牠來個最後了斷，這時，不可思議的事情發生了……

小貓倒栽蔥落了地，接連打了兩個滾，旋即站穩了腳跟；遍體鱗傷的牠抬起一隻獨眼，迅速辨別一下周遭形勢，緊接著拔腿開溜，忽閃騰挪、左奔右突，轉眼之間穿過人群腿腳組成的叢林，竄出了包圍圈，向東逃之夭夭……

煮熟的鴨子飛了，「貓真是有九條命呀！」眾人紛紛感嘆著，悻悻散去了……

四眼井東鄰我爸爸的工作單位，北京市環境保護研究所。環保所一二百米見方，圍牆四合自成一統，裡面有辦公樓、車間、食堂、操場，職工子弟隨便出入，是我童年時代的小小樂園。

一日下午，我與四、五個和我差不多大小的男孩子，來到環保所玩耍。跑來跑去，跑到了一座廢棄的禮堂旁。

「看！——」突然，一個小夥伴大叫起來。

順著他的手指，幾對目光齊齊射過去：那裡，屋簷下一個破木頭架子底下，陰暗角落裡，龜縮著一隻小動物。走近了仔細看：啊，是一隻貓。只見牠瘦得皮包骨頭，渾身上下骯髒邋遢，突出的大腦袋正對著我們，上面一隻眼睛亮著，另一隻眼睛——另一隻眼睛是一個紅得發黑的大窟窿。

獨眼貓！我大吃一驚：這不是兩三週前，在大院被眾人追殺的那隻野貓嗎？原來牠還活著，並且沒跑遠，竟然躲到這裡來了。

似乎感覺到了不妙，貓兒衝我們哀哀叫著，不知道是示威、求救，還是討饒。短暫的驚異過後，夥伴們興奮起來：上次因為人多勢眾，大哥們兒們撐場面，沒輪得上我們小字輩動手，這下可有用武之地了。

「打死牠！」不知誰率先大喊一聲，像是接到了衝鋒令，摩拳擦掌的我們立馬行動起來，開始向貓兒發起攻擊。只是年紀到底還小，怕貓急跳牆，沒人敢上前靠近，於是紛紛拾起地上的石頭、磚頭、木板、鐵塊，撿到什麼是什麼，沒頭沒腦向三四米外的貓兒砸去。

再次遭到圍攻的貓兒一面哀叫著，一面向前緩緩爬行，徒勞地躲避著雨點般的矢石。大家這才發現，原來牠已經跑不動了，再沒有了那天衝出重圍的矯健身手。不知道是因為傷重，還是因為飢餓，總之牠躲藏在這裡，實際上已經是在坐以待斃了。

這個事實沒有喚起我們的惻隱之心，大家繼續兇猛地攻擊，以痛打落水狗的精神，直到那一時刻……

貓兒開始哭了，真的，是真的哭泣。牠的腦袋，趴縮在兩隻前臂裡，身子劇烈地上下抖動、抽搐著，自喉嚨深處發出陣陣先是低沉，再逐漸上升，最後到達頂點的抽泣……

幾個孩子先後住了手，你看看我，我看看你，一個個嚇得不輕：我們不知道，更沒有料到：原來貓也會哭！雖然沒有看到牠的眼淚，但牠此時此刻發出的肢體語言和聲響，那節奏、頻率和音調，像極了一個人在悲痛欲絕時發出的嗚咽……

貓兒哭的時間很長，哭得我們再也不敢看下去，驚嚇中，我們丟下牠，跑開去了。

又過了不知道多少日子，不記得是有意還是無意，我一個人回到了現場，眼前的景象又讓我震驚得永世難忘，呈現在我眼前的，是一具完整的貓骨架，白花花的，上面沒有一絲皮肉。

九條命的貓兒，在我們這些少年兒童的兩次圍剿痛擊下，終於一命嗚呼了！

（二〇〇七）

童年紀事：一個沒屁眼的小孩

幼年正值文革，謝天謝地！出身黑五類又身兼臭老九的父母，破天荒地沒有遭到批鬥、牛棚等大劫難，雖然抄家、下放等小麻煩不斷。我也自然跟著顛沛流離，幾年內城裡城外，南下北上，轉學次數之多，到後來自己也弄不清楚了。

記得那是在小學三年紀，我又被轉回了清華附小。班主任老師是個女的，二、三十歲，姓什麼早已經忘記。同學都是所謂的清華子弟，講師教授和工友幹部的子女，大約一半對一半。當時臭老九地位低下，工友也不是正宗的工人貧農，小朋友們本來缺少大人嚴格的階級意識，所以沒有誰看不起誰，更不會結幫成夥整人，只除去一個。

這位男同學，身子小，腦袋大，見人就咧開大嘴巴笑，沒啥起眼的。開始聽到同學們都叫他「屎疙瘩」，不懂是什麼意思。一天，偶爾從他身旁經過，一股奇臭撲鼻而來，討厭之餘感到十分奇怪，自然又聯想到了他的綽號。悄悄去問別人，這才得知，原來這疙瘩是個殘疾，一生下來被發現沒有肛門，由醫生做手術給造了一個，具體位置不清楚，好像是在小肚子上。如此一來，新陳代謝大問題算是解決了，可這人工的卻不如天然的管用，大約是缺少收縮功能，一直處於開放狀態，不以人的意志所轉移。為此，疙瘩需要用尿布，一輩子少不了的。並且，走到哪兒氣味跟到哪兒，瞞也瞞不住。

我當時聽了也沒大在意；但不自覺地，多多少少看低了這位同學。下課時玩不到一塊兒，避免鼻子遭罪，平時對他能躲就躲，敬而遠之。

這天，課間正在操場上野玩，忽聽見教室裡響起一團哄笑，趕緊跑回來看熱鬧：啊，原來疙瘩出事了，他……他洩漏了。地上黃黃的髒了一大塊，難聞的氣味滿教室都是。而他，死死釘在自己的單獨座位上，一動也不敢動，估計底下已經一塌糊塗了。疙瘩的前面，十幾個男女同學不遠不近圍成一個半圓，衝著他又笑又叫，又蹦又跳。

疙瘩的性格並不軟弱，相反還很倔強。面對如此難堪的局面，他沒有哭，沒有低下頭，而是緊繃著面孔，死死盯著眼前這些嘲弄他的同學。疙瘩的臉並不難看，眼睛大大的。此時此刻，他的目光是兇狠的、鋒利的，充滿著刻骨仇恨，像極了一頭老狼的眼睛。如果目光可以殺人的話，他眼前的這些同學死定了。

我沒有笑，更沒有叫，默默看著這一幕，心裡隱隱為疙瘩難過：他真是好可憐呀，我們為什麼要笑話他呢？

小時候，我大約是有輕微的多動症，總是閒不住，課下閒不住，課上也是。那年頭小學生沒有功課壓力。課堂上，聽講我一隻耳朵就夠了，足以保證作業考試不比那些乖學生差，剩下的時間又哪能做到手背後、腰挺直，正襟危坐像個小泥菩薩。過剩的精力總得消耗掉，於是不是找同桌說話，就是自己一個人在下面做小動作，搞得班主任老師十分惱火，幾次三番警告加訓斥無效後，決定給我最嚴厲的處罰：由後排調到第一排，左邊靠教室門口的地方，去和疙瘩同桌。

教室變成了茅房，這下我可慘了。人說久而不聞其臭，哪有這麼容易。好在我年紀雖小，自我調節的本事倒不差，既來之則安之。看看疙瘩，除了氣味不佳，人還是挺容易相處的，非但不內向孤僻，相反還很樂觀主義，講哥們兒義氣。

很快地，疙瘩在我眼睛裡變得正常了。我天生不會欺負人，小孩子的同情心未泯，所以從來不喊他的綽號，總是稱呼他的學名；對他的氣味則儘量忍受，在他面前裝作若無其事，泰然自若的樣子。疙瘩的功課很差，我能幫就幫；他呢，時不常給我講些他們五區的趣事——五區是清華園裡的貧民區之一。日子一天天過去，我和疙瘩從來沒有發生過衝突，最後成了好同桌、好朋友。我好像是那班上他唯一的朋友。

約莫過了一兩個學期，我又不得不轉學了，從此和疙瘩斷了聯繫。疙瘩的名字，今天我已經忘記。

（二〇〇四）

妹妹

臨到尾聲，毫無思想準備，眼淚的偷襲堅定而有力。
既然阻擋不住，就任憑心潮的洪峰決堤吧。

二十年如煙過去，重溫這淒美詩篇，竟還是同樣的感情。
梅根死了，她永遠是美。
不能叫人心碎的，能叫愛情麼？
愛的悲劇，永遠是美。
沉睡的旋律悄然浮起，那是另一棵蘋果樹的故事：
當年，她大約也是梅根的年紀，一樣地純真熱情，有一雙深深明亮的眼睛。
那個夜晚，月色清明；寂靜的樓房，房門外走廊上，她突然伏擊了我。
慌亂轉過身來，遞上一張紙條，然後等待判決似地死死盯著我眼睛。

我莫明其妙，隨手接過紙條打開，只見寥寥幾個字——「我喜歡你！」一時，我不知所措了，反反覆覆讀著這情書，口中喃喃諾諾，半晌說不出一句完整的話來……

終於，我鎮定了下來，婉轉告訴她：我已經有了意中人，我們好像不大可能。她聽了，毫不氣餒，說這沒有關係，那麼能不能認你作哥哥呢？

我如釋重負，當即欣然同意；立刻，她緊張的表情舒展了，綻開青春笑靨，馬上自自然然叫開了哥哥。

我問她，喜歡我什麼；她回答，喜歡你的氣質，那孤高憂鬱的神情。這幾乎讓我受寵若驚，芸芸眾生中，不期而遇知心人。

我沒有妹妹，天外飛來了一個，夢想成真，我好福氣。

一天，她鼓起勇氣，邀請我去她家作客，我想都沒想就答應。她好開心呀。拜見了她父親，卻不見母親，她和老爹相依為命，家裡很清貧。

一道用晚餐，老爹沉默寡言，像是心事重重。

妹妹快樂成一隻小鳥，面對著世上這兩個她愛的男人。

我儘量不保持沉默，內心充滿了對父女倆的憐憫。

冰清似水的兄妹紐帶，可惜只維繫了短短幾個星期。

這期間，她經常來找我，多在寧靜的夜晚，我們隨意談笑，輕鬆愉快。

情竇初開的她滿足甚至幸福，血氣方剛的我沒有絲毫可恥的念頭。

既不是愛情，也不是友誼，就是這麼一種單純的關係。

終於，世俗的風風雨雨，將我再次吹打成一個懦夫。

那時我太年輕，年輕得自以為懂得什麼是愛，年輕得不珍惜真情。

分別的那個夜晚，還在這個房間，月光依然皎潔。

懷著莫名的煩躁，我狠心告訴她，我們不能再這樣繼續下去了。

她聽了，沒有眼淚，只有憂傷；沒有多餘的話語，只有失落的凝視。

祝我幸福後，她黯然離去；那默默忍受傷痛的背影，刻上了我心靈的最深處。

與戀人愛河逐浪，轉眼沖淡了真假兄妹之情，歲月更是遮蔽靈性的烏雲……

一直到今晚，無意之間，我重歸蘋果樹前。

唉，我甚至澈底忘掉了她的名字，虧得我自命一顆情種。

妹妹啊，你今天在哪裡？這麼多年你過得好嗎？你已經忘了我吧？

我多麼希望你知道，我仍然懷念著你；我想對你說：對不起！

（二〇〇四）

夜半歌聲

十多年前，我孑然一身、貧病交加，不時遊走在生死線上。

一個冬春的深夜，睡夢中，我被一隻鳥的鳴聲驚醒，低矮閣樓的窗戶正好對著一棵小樹。這鳥，可能就是有名的夜鶯吧，或是百靈，我聽不出來，這沒有關係。靜夜裡，牠婉轉錯落、歡快明亮地鳴著，許久、許久，沒有一拍休止符。

美，牠歌唱得真美，美得叫語言蒼白如紙，沒有文辭能夠描述；美得教人類所有的歌聲黯然失色；美得我於黑暗中流下了眼淚，灑在枕頭上，點點滴滴。

這是悲喜交集的淚，感激不盡的淚：小鳥啊，我明白了，你是上帝的使者，是祂派你從天上飛下來安慰我。

小鳥天使，為完成你的使命，請你盡情地唱吧、唱吧，不要停，永遠不要停。在你的歌聲中死去，生命依然美麗。

（二〇〇六）

夢中的天音

我，獨自一人，緩步走著、走著，不知不覺來到了一個地方：噢，感覺是……清華大學，可大敞著的校門，看上去怎麼這樣陌生？

站在校門前，抬起頭，滿目白茫茫：白色的天空，白色的街道，白色的建築……三三兩兩的大學生，身著統一的淺顏色校服，進進出出……

我，一身深藍工作服，斜背著一個書包，整個人既扎眼，又土氣，與周遭的人群格格不入。

沒有學生證和校徽，門衛會放我進去嗎？我暗暗思忖著：試試看吧，不讓進就打回頭好了，也不是非進去不可。

邁步上前，經過校門橫線時，下意識地停下腳步，等著被人攔阻……

微微扭轉頭，向左邊望去：數步開外，崗亭外有幾個身著筆挺制服、腰佩手槍的門衛，正談笑風生著，沒人正眼瞧我……

成啦，闖關成功！我抬腳跨入校門，隨即人已經置身於主教學樓……樓道雪白、狹窄、筆直，一眼望不到頭。人來人往、摩肩接踵，只能隨著人流慢吞吞向前挪動，上哪裡去呢？哪兒是目的地？

目光茫茫然，越過眾人的頭頂，慢慢移來移去，只見遠處有幾排高大的書架，直通到天花板。去看看吧，於是費力擠了過去，上下左右張望：咦，怎麼沒了？圖書館或書店跑哪去了？

罷了。繼續朝前走，像一個機器人，還是沒有明確目的。一邊走，一邊推開一扇扇門。往來的行人越來越稀，最後只剩下了我一個，獨自前行，不回頭……

又進入一道窄門，迎面一堵牆橫在前方，沿牆擺放著一張長長的桌子，桌子後面坐著六七個男人，一個個面目不清，好像商店櫥窗裡的服裝模特兒……

是接待新生的？還是諮詢處？我走上去，詢問著一些問題，問的什麼？話一出口就已經忘記，或是不確定想說的話到底有沒有出口，或是根本就不知道到底想說什麼。面對面的那個男人，態度和藹地回答著我的詢問，可他都說了些什麼，卻又似聞非聞，似乎沒有聽見聲音。心不在焉得很嚴重，頭腦裡迴旋著一個問題：為什麼這些人的語言，和他們的面目一樣，都是這樣地模糊？

沒得到明確的回答，算了，還是靠自己吧。我向他們點點頭，道聲謝，九十度右轉身，再向前走去……

獨自走著、走著，漸漸地，窄門消失了，代之以一道道帷幕：雪白、寬大、飄逸，像醫院急診病房裡的隔離層，前後左右都是。伸手揭開一道來看：地上散亂堆著若干攝影器材。一下子想起來了：我應該是來上攝影課的，背包裡有自己帶來的設備。

那麼，人呢？怎麼還是不見一個人影？

正彷徨著，忽然，聽到有音樂聲傳來，音量由低到高，路也同時走到了盡頭：呦，原來是學校大禮堂，一場音樂會正在舉行。

隱隱約約，憧憧人影閃過眼前，那是音樂會的觀眾。沒有看到舞台，擠不進去，確切說，根本就沒有嘗試，因為心神已經為越來越響的音樂攫住。我停下腳步，隱身於一個包廂後面，側耳傾聽……

瞬間，聽出來了，原來是莫札特的歌劇《唐璜》，此刻，一位女高音正引吭高歌……

歌聲婉轉、悠長，源源不絕於耳；漸漸地，意識雲空裂開一道縫隙，一片天光傾灑如凝聚的閃電，直直照射進來，穿過鼓膜湧進心靈，孤島頓時為一股暖流環繞……

花腔流瀉著水晶瀑布，音色鋪開黎明的蒼穹；這人間光明天使的歌聲，猶如一隻潔白的天鵝，冉冉升起，展翅凌雲，徐徐翺翔於管弦樂隊與男女聲合唱，那雄渾起伏的滾滾碧波上空……

音樂終了，旋即響起雷鳴般的掌聲，包廂的門窗隨之敞開，一幅動人的場景展現在眼前：觀眾沸騰了，他們全體起立，歡呼著、哭喊著，舞台上的演員們相抱相擁……

我，沒有加入狂熱的人群，一個人靜悄悄地，佇立於歡樂海洋的岸邊，默默地任淚水長流。這是幸福的淚，感激的淚：噢，你是什麼呀？音樂，你怎麼竟然會如此地美麗，美到了我的靈魂深處！

倏忽，聲光消失，眼前一片黑暗，神志飛速穿行於時空隧道，自由落體般往下墜……墜……——嘎然而止，清醒，驚覺：啊，原來是南柯一夢！

懷著絲絲遺憾、惆悵的心情，我緊閉著雙眼，沉浸於幾秒鐘前的夢境，竭力回憶著其間的點點滴滴；身體一動也不敢動，生怕一不小心，夢的泉水就會悄悄從手指縫中溜掉……

雙手小心翼翼捧著這清晰完整的夢，回想著、捕捉著、記憶著、品嘗著，夢後夢延續了幾秒鐘，霍地，意識電波猛然打個寒戰，渾身上下滾過一陣驚悚，內外感官被澈底震醒：不，不！那不是莫札特的《唐璜》，絕對不是！方才夢中的音樂，我根本就從來沒有聽過！

淚水悄然湧上眼眶：噢，我的神，一定是祢吧，給我送來這夢中的天音?!

注：以上忠實記錄了一個真實的夢，美夢做於二〇〇四年九月五日星期天早晨約七點鐘。

（二〇〇四）

莓和碗

屋邊牆角下，長著幾株叫不出學名的植物，應該是某種莓吧。春夏之交，莓子熟了，紫紅的顏色。

妻採下來一小堆，清洗乾淨了，用家裡最貴重的一隻碗盛了，送去鄰居朋友家。她知道：按照我們老中的習俗，朋友會收下禮物和友情，然後將盛放食品的器皿歸還。她不知道：人家老外，壓根兒就不懂這一套。

於是，家裡這隻最貴重的碗，這隻比盛放的莓價值高得多的碗，就此和莓一道，作為一件日常小禮物，有去無還了。我們不由得有些懊惱。

友情也常常是這樣：我們贈與朋友的一片心意，對於那最珍貴的部分，我們隱隱約約希望完璧歸趙，將來得到充分的償還。

我們錯了。

（二〇〇七）

顛倒的世界

我眼中的世界是顛倒的，上下顛倒，左右顛倒，前後顛倒。

小時候，我是一個好動又好學的孩子，愛玩也愛看書，看各種各樣的雜書，只要能弄到手。我特別喜歡歷史和地理，愛看地圖，中國地圖和世界地圖，亞非歐美各國的首都，幾乎沒有背不出來的。

坐在太陽底下，我讀著地圖，讀著讀著，讀出了一個大問題：

太陽在我的正前方，那裡是南，我的背後是北。早晨，太陽從我的左手那邊升起來，那裡是東；傍晚，太陽自我的右手那邊落下去，那裡是西。

在我幼稚的眼睛裡，以太陽為十字座標的起點，東南西北，簡簡單單、清清楚楚。

可是，在所有的地圖上，我被教導說上邊是北，下邊是南；左邊是西，右邊是東。這「上北下南左西右東」的識圖原理和我單純的感性認識正好截然相反。

這樣的地圖是給面朝北方，背向太陽的人使用的。

去南方，我覺得應該是向上走，因為是走向太陽，可人們說「南下」；去北方，我覺得是朝下走，因為背離了太陽，可人們說「北上」。離太陽越來越遠了怎麼能叫上呢？我真的不明白。

這個問題深深地困擾了我的童年、少年；長大成人後，依然沒有得到解決，它將伴隨我終身。

我眼中的世界是顛倒的，上下顛倒，左右顛倒，前後顛倒。

（二〇〇四）

聽莫札特C小調彌撒

好像不能不寫點什麼釋放一下，過去的這個週末人有點不對勁。

聽了莫札特《C小調彌撒》中的起始部分，Kyrie，意為「God have mercy on us」，中文可譯作「承受主恩」，也有譯為「憐憫經」的，我不是太喜歡。

這曲子，真好。真好的東西除了說好，不容易說出什麼別的，硬說出來容易走調變味。喜歡莫札特，喜歡天上音樂的，能不喜歡它？

注意到在莊重的男女聲合唱漸漸消失後，獨唱女高音登場的那一刻嗎？透過悠長純淨歌聲展現出來的聖潔氣質、高貴風度，真像是一位大天使（是大天使，不是小天使）乘著祥雲飄然降臨人間。每次聽到這裡，我就不由自主地站起身來，閉上眼睛，手腳並用，笨拙滑稽地緩緩而舞。噢，美，美到心底了，可心兒，還在胸腔裡嗎？

接下來的，不談了吧，我的筆不行，沒有人的筆行。音樂是上帝的聲音，文字是我們人的。

第一次發現，在這紛嚷嘈雜的世界上，那最美麗的聲音，原來既不是器樂國王鋼琴，也不是器樂王子小提琴，而是聲樂公主——女高音，人聲到底比樂器更接近人心。這新大陸其實不足為奇，本來嘛，女性的聲音，不是音樂也是音樂。在她們的面前，再醇再甜的美酒也是一杯白開水。

一直以為女高音在普契尼《為了藝術、為了愛情》、《晴朗的一天》、《人們叫我咪咪》那裡，已經到頂了，今天才知道這目光的短淺可笑，發現自己的狹窄是一件多麼令人愉快的事情。

這曲子，完美嗎？當然不，最大、唯一的缺欠是太短了，短得剛剛沉醉過去就又醒轉了回來，於是只有一遍又一遍，反反覆覆地聽。以前，再美的曲子一次最多只能連續聽兩遍，多聽怕聽麻木了，審美疲勞。這是第一支曲子，連聽三四遍還想再聽。晚上入睡前聽，早上起床後再聽，每次聽好幾遍，只是聽不膩。不能不感嘆，美是世上最厲害的毒品，作一個美的癮君子，乃天賜的祝福。

好了，不囉嗦了，請你也去聽吧，事前別忘了準備些紙巾，沒準會用得著。不怕見笑，我是用了的，不止開始幾次，在一個週末聽了二十幾遍後，再聽還是需要。

Enjoy：

莫札特《C小調彌撒「承受主恩」》（Mass in C minor, K.四二七, Kyrie）。

推薦版本：

Neville Marriner, Academy of St Martin-in-the-Fields.

Academy Chorus; Laszlo Heltay, director.

Felicity Lott soprano.

（二〇〇五）

「爸，您老一路走好！」

安葬父親的前一天，上午和弟弟去西郊老山骨灰堂，將他老人家請回了家，安置在他的書房裡。之前花了一整天時間，將房間整理清掃，現在看上去比較整潔了，多少是一種寬慰。

接下來的時間，我有點失魂落魄，時不常走進父親的房間，抬頭看看他的遺像，低頭摸摸他的骨灰盒，有一種此時此刻他人就在這裡的實在感，雖然是眼不能見、耳不能聽，但真真切切地感覺得到。再又想到：父親在家，只剩下一天時間了，哦，一天還都不到。這是他和我們在一起的最後一天。明天，他就將獨自長眠於那寒風凜冽的崇山峻嶺之間。想到這，就忍不住更加頻繁地一次次走進這房間，徘徊、流連，直至深夜。

一個活生生的人，就這樣憑空沒有了，從此永遠地消失了麼？我們本來自塵土，終究要回歸塵土，無一例外。道理上我不能再明白，感情上卻難以承受，腦海上空不時浮現出一幅亦真亦幻的場景：忽然，屋外傳來敲門聲，門開了，啊，是父親回家了。原來什麼事情也沒有發生過，剛剛只不過是做了一個噩夢，生活一切都照舊。這不，全家人圍坐在飯桌旁，用過簡單的晚餐，父親即好整以暇，自顧自做他自己的事情去了，或是湊到電視機前，一邊看一邊挑刺兒，自言自語；或是坐靠在沙發上，取下老花鏡，眯起眼睛看報、讀書，再有就是悄悄躲進自己的書房，伏案寫字、作畫，一坐就是幾個小時，聲息全無。此時此刻，塵世與他隔絕，他沉浸於一個人的世界。

當然，他老人家也不是不食人間煙火，一天到晚這樣閒雅、沉靜。時不常地，他會為了一些家庭瑣事雞毛蒜皮，突然間吼幾聲嗓子，發發牛脾氣，有些話還挺尖刻，不講道理，搞得家人頗有幾分不知所措，反駁他不好，不反駁又憋氣，左右為難。可眼下，我終於意識到：父親的吼聲，不論有理無理，此生今世，我是再也聽不到，再想聽也聽不到了。

幾天來，我似乎置身於一種莫名的虛幻狀：飛回北京奔喪，到家時已是傍晚時分，次日，二〇一三年十二月十六日上午，就是父親的告別儀式。八寶山殯儀館蘭廳，一百多位親朋好友、同事、學生前來為他送行，也是父親的身後哀榮。

母親在哭泣、親友們在嗚咽、嚎啕，可我居然沒有，只有淚輕彈。自己也不明所以，按理說我的淚點並不高，平日裡看電影、聽音樂都會輕易動容，生平最見不得別人的眼淚。可此時此刻，卻為什麼表現得這樣堅強，堅強得近乎冰冷，缺少感情投入，整個人如同白日夢遊。事後反思懺悔，想到了欲哭無淚幾字，稍覺釋然。

去年春夏人還好好的。五月，在母親、兒媳和兩個寶貝孫女的陪同下跑了趟江蘇無錫，春風送暖，盡歡而歸。六月，親朋好友、學生晚輩熱情捧場，卻之不恭，就按江南「過九不過十」的民俗，過了個也算風光的八十大壽。甚至九月份還和母親一道同返故鄉蘇州，參加科協活動兼探親訪友。不想時至晚秋，陰森的病魔像是突然從地裡冒出來似的，一下子將父親擊倒了，病來如雪崩。十二月初我緊急返京，父子相聚在人民醫院住院病房。見到瘦骨嶙峋的父親我心如刀割，見到兩年半不見的兒子他淚光閃爍。父親是相當堅強的，從小到大，我罕見他流淚，如果不是有一種生離死別感，他不會這樣動感情。

父親挺過了這一關，在我年底返美前出院了，連醫生、護士都為他的迅速復原而驚喜，這讓我基本放心地離去。但我們低估了病魔的意志和能量，接下來的二〇一三年，父親的狀況幾起幾落從未穩定，人民醫院、華信醫院、三〇一醫院幾進，直至最後一病不起。十一月初進入重症監護病房，我聞訊後十萬火急趕回，見父親遍體插管，已幾乎不能言語，但意識似乎仍清醒，不覺心存希望。然後就是生離死別：

頭天去探視，父親剛剛做過腎透析，不清除是因為腹腔積水，還是什麼別的原因，他顯得痛苦之極，於病榻上輾轉反側，面孔漲得通紅，額頭上虛汗淋漓；兩隻手用盡力氣拉扯，想要拔掉身上的一條條插管，卻被無情的布條所阻，他的雙手已被捆綁在了兩側床架上。還記得自己小時候，父親強壯如牛，一塊實木床板，一個人大老遠從商店給扛回了家。可眼下，兩根細軟布條，鬆鬆垮垮的幾個結，就讓他老老實實作了病床囚徒，絲毫動彈不得。這就是人到年老的必然結局麼。歲月真是一群貪婪而冷酷的蛀蟲，他們緩慢而決然地將我們的體力、腦力、意志乃至尊嚴，一絲絲、一寸寸蠶食淨盡。掙扎了半晌，只是徒勞，父親那因多日不能飲水而乾澀的嘴唇一張一合，對著近在咫尺的我，艱難異常地吐出了兩個字——「難受！」

父親一生堅強，心態始終樂觀向上，是一個真正的男子漢。被病魔折磨了整一年，大半日子人在醫院，一日三餐大把大把吞藥，常常不能正常飲食，歷經高密度的體檢、點滴、輸血、鼻飼、手術、血透、腹透等熬人的治療手段，他從來都是積極面對，沒發出過哪怕一聲嘆息，更從未道及一個死字。沮喪、絕望、萬念俱灰等辭彙根本就不在他的人生字典裡面。這也是我們一直對他抱以堅定信心的原因。眼下見到父親鋼鐵般的意志終於到達了臨界點，一副生不如死狀，我怎能不萬箭穿心。可我又能夠做什麼，能做什麼來減輕他的肉體痛苦，除去將面孔貼近他的，左手緊緊握住他的一隻手，右手來回撫摸著他的額頭，喃喃低語：

「會好的，爸爸！你挺住，爸爸！」

次日，出乎意料，父親的狀況大為好轉，面孔仍舊通紅，眼神有光、神態安詳，唯一讓人感到極為不安的，是他那自喉嚨深處及胸腔內部傳來的陣陣呼嚕聲，像是有股渾濁遒勁的暗流在他的體內滾動翻騰。我哪裡知道，這就是醫學上所謂的「死亡的咆哮」呀。我怕他被痰噎著，招呼護士過來查看，護士於是給他吸痰，又是一個讓人不忍目睹的場景：吸痰管自口腔插入喉嚨，一寸寸深入，再深入，可病毒的孿生物拒絕輕易就範，操作者只有幾次三番嘗試，感覺下手很重，不顧病患的感受，這不像是救治，更像是摧殘。父親雖面呈痛苦，人卻能努力配合，最終，痰被吸出來了，混合著絲絲血跡。

治療告一段落，「死亡的咆哮」仍未減輕。這時，父親開口說話了，我湊上去側耳聆聽，他艱難吐出來的字眼竟是——「不難受！」這讓我悲喜交集，悲的是父親的狀態並不讓人放心，喜的是他已擺脫了昨日那水深火熱的煎熬。好的，父親不難受，兒子就不難受，我們都不難受。每日探視時間僅有三十分鐘，臨走前，父親再次跟我說話，這次更令人難忘，他的話還是只有簡短的三個字，而這次的三個字是——「不要急！」又送給我一個意外驚喜，讓我心滿意足離去，向守候在病房外的母親傳達好消息。父親不能再簡單的兩句話，給我們的希望之燭添加了新的燃料：他心態康健，生命力頑強，一定能夠轉危為安，就像十一年前他奇蹟般做到的那樣——那次他胃病突發，一夜吐了大半臉盆的血，母親一天內接到醫院三份病危通知，一次次含淚在上面簽字，而最後的結果是，幾十年的胃病被澈底治癒。歷史一定會重演。父親是科學家，兼業餘書畫、文學愛好者，八十歲剛剛出版了個人畫冊，計畫八十五歲時出個人文集，還有多少未竟的工作等著他去做呢。

當夜，凌晨兩點多鐘，一聲巨響將我自睡夢中震醒，迷迷糊糊欠起身來，只見房門大開，房間通亮，母親急匆匆走向我，滿臉驚愕與悲戚：「醫院剛剛打電話來，你爸爸的心跳停止，正在進行搶救。他們要我們趕快過去！」什麼？幾個小時前不是還好好的嗎?!震驚之餘，七手八腳套上衣服，母親和我下樓來到街上，攔到一部出租車，火速趕往醫院。夜深人靜，街道暢通，半小時已到達，北京三〇一醫院腎臟科重症監護病房。值班醫生告訴我們：人搶救過來了，心跳恢復，血壓穩住，上了呼吸機，仍處於重度昏迷中，暫時還不能探視。母親和我只有坐在病房外的休息區等待，空蕩冷寂中相對無言，一直等到東方發白，晨曦初露。

父親再也沒有醒轉，雖然藉助先進的現代醫療手段，又熬過了他人生最後的三個星期（期間我還不得不回美上班兩週，因為已經超假，人情冷漠的公司老闆拒絕我停薪留職的請求）。說「熬」可能不大確切，身處煎熬中的是未亡人，而父親已經沒有了痛苦。經過與兇狠的病魔屢戰屢敗，屢敗屢戰的一年，他澈底地解脫了。我也終於明白，那日，迴光返照中的父親發出的那最後三個字——「不要急」，竟是他留給我們的臨終遺言。

對於死神，我自認並不陌生，十幾、二十年前，曾數次途經祂的幽谷，對祂的存在有了幾分感性認識。早已接受了耶穌基督作救主，生死觀逐漸進入形而上的範疇。多年來我從未停止對這一課題的思索，長久以來醞釀著一篇有關文章，題目為〈一個思想者與死神的對話〉。如果說死亡是我一生研習的功課，那麼以前則多是紙上談兵，哪怕曾與死神擦肩而過。對於死亡，世人的基本態度是不到黃河心不死，一方面每個人都明白自己終有一死，但另一方面，又諱病忌醫地感覺死亡距離自己十分遙遠。這是人心的本能，雖然不夠智慧，但絕對不算錯誤。生命本是一種被動接受的存在，存在是一種主觀感知過程，努力活著、感覺著乃必然與必須。或追求或體驗，或勞作或享受，除去隱者哲人，我們沒必要總沉浸於一種末世彌留心態。

父親的去世，讓我進一步明白了死神就活在生者身旁的道理，明白後的結論是什麼？順理成章為珍惜生命，自己的與他人的。這浮泛的認識有助於我重新思考生命、定位人生嗎？目前還難以確定，對於生死我的疑問依然太多，驟下結論或自命超然近乎自欺欺人。矛盾衝突仍是我於此根本意識形態領域思維的主旋律：一方面生命無疑是無比珍貴的，在它的時空裡面我們能夠做的事情太多，諸如愛、感知、追求與創造，都是美妙而充實的靈肉活動，值得以一生一世去嘗試與實踐，活著多麼美好；但另一方面，生命又是荒誕不經的典範，人生沒有終極意義：絲毫不攙雜私利，純粹的愛於世間是否存在；再高雅的精神享受說到底不過也只是感官慾望的滿足；追求和創造不論成敗最後皆是虛空，因為人類文明甚至地球星系終將歸於毀滅——正反兩面皆可找到充分論證，我總是一個樂觀與悲觀交織纏繞的黑白混合體。眼下理性尚未自事件中澈底復原，更多持有的是凡夫俗子的感性：當死真正進入人生與生活，哲學的思索能讓你少灑幾滴眼淚，宗教信仰可以讓你含淚微笑，但死神在你心靈深處陰森森刻下的那一刀，你將永遠銘記，時不常感到隱隱作痛，時間不能將它撫平抹去。

蓋棺論定，父親的一生，可以簡單地用兩個字來概括——「正，實」。首先在政治上，四九年中共建政後，正讀高中的父親即投身革命，青年熱血，無可厚非。十六歲入團，十九歲入黨，上海市首屆人大代表，大學校級學生幹部，是組織的重點培養對象。結果卻是高開低走，虎頭蛇尾。他很快就將人生事業的追求，由政治活動轉向了專業技術，就此與科技以外的行政職務無緣。好事情，天性梗直的他本不是作官的料，於那個逆向淘汰，人吃人官場上的「失意」是他人格清白的最好證明。從小到大，我從未自父親這個老黨員的口中聽到過一句感恩戴德、歌功頌德的話，聽到的只有不滿和牢騷，嘲諷與抨擊，從文革到盛世，幾十年如一日，愈演愈烈。父親是一個不像黨員的黨員，一個沒有黨味的黨員，他一輩子沒有出賣過自己的良知與靈魂。

父親的大半生心血在專業，專業是他人生的價值與驕傲。很慚愧，作為兒子，除了知道父親是一位環保專家，主攻工業廢水處理外，對於他的工作和成就幾乎一無所知，只有摘錄幾句他的同事們對他的總結性評語：「他學識淵博，成果卓著，在環境工程和給排水工程學術界享有崇高的聲譽。他是國內最早倡導無廢少廢生產工藝的學者，奠定了我國清潔生產、污染物源頭控制理論的基礎，並在工業廢水處理新技術與新工藝研究方面取得了創新成果。……三十餘年來尤其任主編、主審、副主編或常務編委而出版的環境保護著作逾十種，共約一千萬字，其中由他親自撰寫的約一百六十萬字，他是中國環保領域一位學術造詣頗深的資深學者。」

如今故國的天空昏暗、水流汙濁、土地潰瘍，環境污染的潘朵拉魔盒剛剛打開，她黑色的霧霾已席捲天下。局面糜爛至此，是政府當局的失策乃至犯罪，而絕非環保工作者的失職。在與自然環境同等惡劣的學術環境下，仍有像父親、母親這樣的古典型科學工作者，以人的真善天性和基本良知為精神依託，將環保當做事業而非僅僅職業，不以金錢追求為目的，淡泊名利，勤勤懇懇工作一生，為環境保護事業奉獻了一己之力。最終，主觀上完成自我，客觀上造福人類。這是一種近乎完美的人生。

這兩天母親帶我看了看父親的衣櫥，說有什麼可以穿的就拿去吧。看著看著，我又不覺惻然：我不是一個講究穿著的人，但這些衣服鞋帽，還是大多不能入眼，式樣且不談，起碼都有些年月了，半舊不新的居多，有些看上去像是已有十幾、二十年的壽命。看來看去，最後我選中了幾樣：一條八成新的皮帶，一件五、六成新的羽絨服，一件棉背心和一條運動秋褲。後兩件還是去年這個時候父親住進人民醫院，我於附近的一家批發市場為他買的，秋褲是價廉物美的便宜貨，而背心則比較有品質，不論怎樣，都是他缺少且需要的，他都挺喜歡。現在它們被交還給我，永久保存，偶爾穿穿，睹物思人。

愛書勝於服飾，是他的生活品味。父親年輕時挺節儉，年長後隨著家裡經濟條件好轉，花錢也就瀟灑起來。好買書，買書成癮，天文、地理、文史、醫藥無所不包，晚年迷上繪畫後尤甚，只要看到中意的圖片、畫冊、藝術等書籍，幾

十、幾百、上千，價錢不是問題，搞得家裡鬧起了書災，四居室的公寓兩間半是書房，另有一大排書架割據小飯廳，地下室儲藏間裡還有一大堆。三年前我回家探親時幫父母清理過一次，果斷捐掉一批，送去廢品回收幾摞，以騰出寸土寸金的居住空間。不成想舊的不去新的不來，家裡的圖書數目依舊見長，兩、三年下來又開始氾濫成災。許多讀書人嗜買書但不嗜讀書，興沖沖將書拎回家，雅興慾望就滿足了大半，想起來了隨便翻翻，大多數時間束之高閣，於是買書異化為一種購物癖、收藏病。這不是嘲諷他人，是在說當年的我自己。而父親買書，既為愛好，更為閱讀。家裡的藏書，大多被他認真閱讀或時常翻閱過。物盡其用，父親在圖書上的投資，回報率很高，一是盡情享受閱讀帶來的精神快樂，二是活到老學到老。父親七十三歲時開始自學繪畫，從基礎為零的一張白紙起步，除了自娛別無所求。不想三、五年下來，居然無師自通成績斐然，臨摹大家名作頗得幾分神韻。讓同樣喜愛藝術但卻毫無天賦的兒子不由得感嘆：中國過去這幾十年，多了一位環保專家，少了一位藝術大師。

從年輕到年長，父親人一直偏胖，除去最後幾年瘦身下來。如此看來，他似乎是有吃福的，但細細想來，又不是那麼回事，從未見他雞、鴨、魚、肉暴飲暴食，更沒有食不厭精、膾不厭細。家裡多由他主勺，他也樂此不疲，但拿手的始終是些最為普通的家常菜，廚藝幾十年原地踏步，這自然和他，還有母親對吃都不大講究有關，心思都不在這上面，於是一生和美食家無緣。酒能喝一點兒，真就那麼一點兒，幾口臉就通紅。晚年幾乎戒了，雖然沒有正式宣布。多年來親朋好友送的各式美酒，土洋不論，除去若干轉送他人，一律被打入廚櫃或牆角旮旯的冷宮，碰都不碰，放不起的就任其過期，也沒什麼心痛。還有香菸，生平間斷抽過兩、三次，最後一次大約在十幾年前，突然決定要戒，說戒就戒，手頭上還剩下小半包也拒絕消費完，扔在抽屜裡直到今天，像是留作紀念。

父親也愛女人，一生一世只愛一個。上世紀五〇年代中期，父親大學畢業後考取了留蘇預備部，隨即由滬抵京，進入北京俄語學院接受培訓。不久，他戀愛了，心上人原是他上海同濟大學的同學，現在清華大學土木工程系讀研究生。他愛她的秀外慧中多才多藝，她愛他的勤奮好學忠厚樸實，那個時代的愛情，或許沒有那麼多的羅曼蒂克，卻是自然而單純。未經風浪的愛情不是真的，一條巨大的鴻溝，忽地橫亙在這對年輕情侶之間，當姑娘向小夥子坦白了自己的一件心事：很不幸，我的出身不好，不是一般的不好，而是很不好。我的父親是一個反動文人，名叫錢穆，當年被偉大領袖親自點名批判過。解放前他隻身逃往香港，至今沒有回來。現在，我願意接受你的感情，但是，和我結合，會不會影響你的個人發展，政治上的，業務上的，比如眼下的留蘇計畫。所以，所以還請你慎重考慮！

一個石頭般沉甸甸的繡球，遞交到了父親的手上，且看他如何對應。父親出身於上海的一個普通市民，或者說工人階級家庭，父親當店員，三個姊姊清一色紡織女工。根正苗紅，為農民黨的同路人，這是父親青少年時代一帆風順的政治資本。可眼下，作為一名無產階級的先進代表，卻愛上了一個資產階級反動文人的女兒，辜負了組織多年的培養和期望不說，更危及到了自己的大好前程。不知者不罪，現在懸崖勒馬還來得及——舉重若輕，父親慎重考慮了一、兩秒鐘，淡淡而深深地說出了或許是他一生中最了不起的一句話——「我願意！」

依稀記得那還是在十來歲時，一日在家閒得慌，東翻西翻折騰，從父親的故紙堆裡翻到了一本又厚又舊的書，名為《鋼鐵是怎樣煉成的》，雖然覺得這書名有點怪，但馬上被深深吸引。文革時封資修統統被掃地出門，出版界萬馬齊喑，這大約是當時家中劫後餘生，唯一倖存的一本小說，還是外國的，自然而然成了我的小說啟蒙讀物。書中保爾和冬妮婭的愛情悲劇，讓情愫初燃的我一掬傷心的淚。只是年幼的我萬萬沒有想到，自己父親和母親的親身經歷，原來就是一個另版的保爾和冬妮婭的故事：在這裡，女主角不是什麼貴族小姐，只不過由於出身書香門第，父親是一位有真知灼見，拒絕賣身投靠獨裁強權的學者，結果自幼被社會刻上隱形紅字，終身難以抹去。男主角不再是為烏托邦理想所迷惑，人性發生了本質扭曲的英雄人物，而是一個保持著自然本色，單純平凡的好人。作為另類保爾，父親將愛情置於前程之上，置變幻莫測的政治風險於不顧，衝破階級牢籠，攜手所愛，共同走向那昏暗叵測的人生之路。此種行為與精神，雖然不好說是達到了生命誠可貴愛情價更高的境界，但在那個險惡異常的社會大環境下，亦屬難能可貴，在父親的生命史冊上，值得書寫一筆。

父親母親的愛情如同一罈水酒，起源於一種自然淳樸，憂患年代經受住了風雨考驗，滄桑過後愈發濃郁香醇。上世紀末兩個兒子先後遠走高飛，老兩口就更加相濡以沫，白頭偕老。過去的一年多時間裡，父親的身體每況愈下，母親對他的看顧體貼入微。久病無孝子，患難有賢妻，幾次三番擔驚受怕，多少個起早貪黑的日子，一、兩百回往來奔走於幾家醫院，行程路途加起來數千公里，而母親自始至終任勞任怨，操勞奔波甘之如飴。為了在家看護此生今世的伴侶，年輕時不敢給實驗小白鼠打針的母親，七十六歲時開始學作護士，量血壓、測血糖等自不必說，最後竟掌握了消毒換藥、皮下注射、腹部透析等醫療技術。她還每天按時記錄父親的病情及就醫進程，事無巨細、點點滴滴，一年下來寫了三萬多字，最後綜合成文，名為〈最後的日子〉，作為家庭永久的留念。文中母親自己說：「在他最需要我的時候陪伴他，給他支持和溫暖，正是我的責任，也是我的幸福。」這是平凡人物的偉大愛情，就發生在我們家裡。

即使有過這段不同尋常的愛情片段，大體而言，父親是一個性情內斂的人，生硬多於柔情。作為兒子，我在情感方面比較矛盾，一方面多愁善感，另方面也繼承了他的這一秉性。從小到大，我和父親的心靈互動不多，遠不及和母親在一起的經歷。這不是任何人的錯，要知道我們生長的六、七十年代，生存環境殘酷絕倫。辛勤奔波、養家糊口之際，還要面對層出不窮，讓人心驚肉跳的政治運動，父親的角色實在不易扮演。直到我自己當上了父親多年後，對此才有了更深一層的理解認識，想想過去這二十餘年裡，自己又給了兩個女兒多少體貼和溫情，雖然很愛她們，還曾為她們寫詩作文。

父親的慈愛，在晚年煥發了青春，但不是針對我們哥倆，而是「隔代親」，他對幾個孫女、孫子的溺愛，達到了俯首甘為孺子牛的地步，（祖）父愛如山的家庭趣事不勝枚舉，親情愛心發揮得淋漓盡致。有親戚對此不以為然，坦率向他指出不能這樣漫無邊際地寵孩子，他老頑童似的半開玩笑半當真地回應：「寵壞了拉倒，反正是兒子的。」十年前父母來北美探親，小女才半歲多，胖嘟嘟的讓爺爺愛不釋手，「寶寶，寶寶」的叫個不停，真的是返老還童。一次傍晚時分我下班回家，車子進入小區，遠遠看到前邊有個身影，孤零零立於路旁，距離漸漸近了：啊，那不是父親嗎，正有些笨拙地抱著小女，眼巴巴朝著我回家的方向張望，一時間，有股暖流湧上心頭。駛到他們跟前，我停下車，打開車門招呼父親女兒進來，大家高高興興一起回家。時光如梭，女兒一天天長大，父親一天天變老，終於，爺爺再也抱不動孫女了，那恍然就發生在昨日的鮮活場景，再也不能重現，只有留存於永久的記憶中，每每想起來，就不由得黯然神傷。

十二月二十二日冬至，風和日麗，晴空萬里，一個北京難得的好天氣。我們驅車六十公里，來到位於八達嶺長城腳下的八達嶺陵園。換乘陵園靈車，守護著父親的骨灰盒，繞道至半山腰，下車步行，沿著樓梯型山路拾級而上，一百多級台階過後，來到依山而建的一座平台。憑欄西望，但見峰巒層層疊疊，起伏蜿蜒；幾段古長城遠遠近近，若隱若現，自有一股虎臥龍磐之勢，天地悠悠之魂。

這是一片新開闢的墓園，座落於青松翠柏之間，每塊墓佔地約一平方公尺，黑白結合的大理石底座和墓碑，凝重、渾厚而不失幾分高貴。七萬元的價格，不算低廉，也不能說昂貴，比原先想像的已便宜許多。我們自然明白，這樣的墓葬形式，不很符合父親生前持有的環保理念，可是我們實在不忍採用那前衛的安葬方式。我們兄弟倆都定居海外，還鄉時總得有個祭奠先父的具體所在。特別是我，成年後大多數歲月在外飄遊，先是外地，然後是外國，與父母同居一個屋簷下的日子有限，沒盡過幾天端茶送水噓寒問暖的孝心。現在恭請父親長眠在這青山翠谷之間，既是少許寬慰，也是一種贖罪。

恍忽迷朦中，父親入土為安了。我斟上一杯美酒，澆灑在父親的慕前，旋即雙膝一軟，生平頭一回跪下去，向他老人家三叩首，淚水終於湧出眼眶，隨之只嗚咽出了一句：「爸，您老一路走好！」

（二〇一四）

評論

這一個「苦」字怎了
——名畫《中國女孩》淺析

世界名畫《中國女孩（Chinese Girl）》，又名《綠面女子（Green Lady）》，最近在倫敦的一個拍賣會上拍出近百萬英鎊的高價。據說這是世界上被複製最多的藝術品，對此我表示有點懷疑。但要說它是最為普及的中國女性肖像畫，為全球認知率最高的藝術形象之一，或許比較靠譜。

鑒賞、評價人物肖像畫，關鍵在一個字——「神」。神者，神韻、精神是也。如果這個「神論」可以被接受的話，那麼我們可以說，《中國女孩》的成功在於，她準確、傳神地捕捉到了被畫人物之「神」。

這又是一個什麼「神」呢？結論且慢下。有比較才能有鑒別，還是讓我們先拿同為青年女子肖像的名畫《蒙娜麗莎》與《中國女孩》作一番對比研究吧：

蒙娜麗莎直面觀眾，雙眼正視前方，大方、自信地與觀眾進行著眼神交流。

近距離審視，你會發現她的視線其實是略微投射向偏左方的，並不完全是直視畫面的正前方。少女的目光既含蓄內斂，又蘊含著隱隱憧憬，像是越過了我們的右肩膀，眺望著那遙遠的天際。她的面部輪廓豐滿，但毫不過份；五官線條寫滿女性特有的柔和；眼睛大而適度，若有似無地微眯低垂，自然流溢出一種朦朧夢幻感；嘴角含著一絲極為淺淡的微笑，像是欲說還休。這讓人既困惑又著迷的微笑裡可能蘊含著多少故事，不愧畫龍點睛神來之筆。

總體看上去的蒙娜麗莎，羞澀而不扭捏，矜持而不做作，愉悅而不張揚，含情而不輕佻，嫵媚而不妖艷，端莊而不冷漠，雍容而不華貴。所有這些品質結合起來，使人物的面部表情之「神」極富藝術張力及氣場，引發觀者想像無限，悠然神往。

再來看中國女孩：頭部向左微垂，兩眼隨之向側下方直視，避開了觀眾的視線。這種角度較大的扭轉低頭，眼神向下發散的處理方式，在其他藝術家的人物肖像畫裡或許也有，但很不常見。畫家在這裡是想表現東方女子的含蓄或羞澀嗎？回答是否定的。人們從她那光滑如綢緞，顏色卻是怪異的深綠的年輕面孔上，我們尋找不到絲毫少女羞澀的痕跡。而羞澀是少女美麗可愛的特有景色。

中國女孩的眼睛應該是通常所說的丹鳳眼。按照東方人的標準看，雖然較為細長，但並不十分窄小。有趣的是那眼睛如蒙娜麗莎的一樣，也似含有細微得不易察覺的微眯低垂，但眼神流露出來的卻不是夢幻般的憧憬，而是一種類似漠然和茫然的混合物，外加幾分與她實際年齡不相稱的老成持重。除去眼睛，另一集中體現了中國女孩面部神情的是她的嘴巴。那是兩片被口紅塗染成了血色，飽滿而緊閉的嘴唇，不帶一絲笑意。當然，也沒有任何哭意。不笑亦不哭，什麼都沒有，讓人頗費琢磨。這也就是為什麼觀眾看不出這幅名畫究竟好在哪裡的原因（之一）吧。

人的所謂五官中，鼻子、耳朵是不會移動變化的，生成啥樣就啥樣，雖然也有美醜之別，但不能表達感情心理，是不會「說話」的。人的面部表情主要以眼睛、嘴巴來決定。眼睛揭示內心的變化起伏，嘴巴帶動面頰的神經肌肉，直接傳達喜怒哀樂。如果嘴巴沒行為，就需要以眼神來彌補，使面部有表情。一般而言，人嘴巴的動靜越大，面部表情就越強烈。但高明的肖像畫家，擅長在所畫人物的眼神上做文章，因為嘴巴的表情諸如哭笑等大多比較直露，容易陷入淺顯、極端。而眼睛是心靈的窗戶，只有通過對眼神的精細刻畫，才得以揭示人物微妙、深藏的內心世界。

不論是一張具體人的面孔還是一幅人物肖像畫，如果主體的嘴巴沒戲，眼神再空無一物，那麼就是通常所說的面無表情了，就像此位中國女孩這樣。其實沒有表情也是一種表情，所謂沒有表情大多指冷漠表情。比如中國女孩的這張臉，像石頭樣冰冷，如罐頭般封閉，華美的衣裳遮掩不住靈魂上空的烏雲。她給審美者帶來的感覺印象，是抑鬱、苦悶、無奈，乃至憤懣，總之與浪漫、憧憬、生動、歡快這些本應和少女依依相關的美好辭彙絕緣。

那麼，這幅名畫究竟好在哪裡，創作者又高明在何方呢？回到先前的問題：這幅畫的神韻是什麼？

此畫作者為俄裔超寫實主義畫家弗拉基米爾・切奇科夫（Vladimir Tretchikoff，一九一三—二〇〇六），「他在一九七三年出版的自傳《鴿子的運氣》（Pigeon's Luck）中寫道，自己在這幅希望『捕捉到中國女性精髓』的作品中傾注了『心血和靈魂』。」（WIKI）我認為藝術家說這話時態度是真誠的，他的藝術追求是可貴的，並獲得應有的回報。讓作品說話，切奇科夫成功地捕捉到了中國女性的精神世界，那就是一個字——「苦」。抓住了這個「苦」字，也就把握住了這幅畫的神韻精神。藝術源於現實，又高於現實。引申開去，這一個「苦」字，乃是整體中國女人的縮影寫照。

《中國女孩》的原型為南非華裔女子莫妮卡•李（Monika Sing-Lee），當年為此畫作模特兒時年僅十七歲，正值人生花季的早春二月。對比《中國女孩》和莫妮卡年輕時的照片，我們不無驚訝地發現，面帶自然微笑的莫妮卡本人明顯地要比畫中人清純、美麗許多。莫妮卡自己也表示：「坦白說，我不喜那張綠色的臉，令我看來像生病一樣。」事情清楚了，切奇科夫「醜化」了他特意請來的模特兒，將一個陽光少女畫成了一位中年怨婦。奇怪了，作為藝術家，理應美化自己的模特兒才對，也就是盡力以自己的那雙藝術慧眼，去探索、發掘出她們容貌的外在美與氣質的內在美，就像達芬奇對蒙娜麗莎所做的那樣。如果說現代藝術講究返樸歸真，捨棄人工美化，那麼最起碼的，畫家也應該忠於人物原型才對。比照畫作和模特，外型不一定要逼真，神情至少應該相似。怎麼能主觀地反其道而行之呢。

想要理解一位藝術家的行為，必先瞭解其背景。這裡，藝術家的心理「偏見」決定了他的藝術實踐。自青少年到中年，切奇科夫曾旅居中國近二十年，作為一個中國通，他太瞭解中國文化和中國人了，特別是中國女人——男性藝術家自然都更感興趣女人。中國女人的總體形象——一副「苦」相——已經刻在了他的大腦皮層，如浮雕一般難以磨滅，如今自然而然地流露於筆端。眼前一個陽光明媚的女孩，難以扭轉他幾十年根深蒂固的定式思維。或許已經扭轉了，甚至扭轉了許多，保不準，如果不是拜託這位本身具有若干白人血統，並非典型中國女人的華裔少女莫妮卡，我們如今看到的《中國女孩》，會比眼下的更加苦不堪言呢。

生活的艱辛，地位的低下；封建禮教的束縛，醬缸文化的浸泡，人與人之間的鉤心鬥角、爾虞我詐，都大大縮短了中國少女天真爛漫的青春期，使她們的身心早早種下了諸如愁苦、悲苦、苦毒、苦命等苦字頭的種子。種子入心要發芽、開花，結出早熟的苦果，顛著三寸金蓮跑步進入熟女階段。隨後點點滴滴日積月累，喝進去的是苦水，吐出來的是奶汁；沉浮於苦海無邊，哪裡有回頭是岸；吃遍苦中苦，仍為人下人；到了也沒能苦盡甘來，無奈只有苦中作樂。最後含辛茹苦大半輩子，終於熬成個苦口婆心，澈底完成向苦菜花的轉化變形。

唉，身為中國女人，此生今世，想要不苦也難。

後記：

寫此文時曾想：我這豈不是在為虎作倀，與那個滿腦袋種族偏見的俄國佬一起來貶損我們的女同胞嗎。不過人們應該可以理解，切奇科夫當年畫的是半個多世紀前的中國女人，那時小腳老太還滿街走呢，能不苦嗎。隨著時代的發展進步，中國女人應該越來越由苦變甜了吧。

近來耳聞的兩個案例馬上又粉碎了我盲目的樂觀：一是路人皆知的朱令案，二是幾天前發生的：廣西一個十三歲的小學女生，因為妒忌一同學兼好友比她漂亮，將對方殺害並肢解。兩案的相同點：都是一十幾、二十出頭的少女，都是由「苦」生「毒」，是謂苦毒。

畫蛇添足一句：中國男人或許沒有中國女人那麼苦，但卻比中國女人更毒。

（二〇一三）

小議文學自愛

通常我們所說的文學自戀，應該是指某種小資情調的吟風弄月。即便格調不高，也不必一概貶為無病呻吟，人家即使沒有病，不舒服或許總有兩分。

作家寫手哪個不愛自己呢？連自己都不愛，又如何能愛他人乃至人類？作家失去了愛，如同獵手失去了眼睛，雄鷹折斷了翅膀。所以，問題不在於自愛，而在於自愛的內容和程度。

當自愛的心靈越沉越深，周遭水族館的景色逐漸消失了，混沌與黑暗開始蠶食色彩和光明，顧影自憐的浪漫光暈一層層剝落，最後終於演化成一種千年隕石的感情。與此同時，有一種反向的抵抗運動，自救式的昇華復活於長痛中孕育成型。

當我們掙扎著想跳出小我，卻又屢戰屢敗，感到十分挫折的時候，我們實際上已經飛出了自戀的蠶繭。既然不能被動地逃離長夜，不如主動地適應黑暗；黑有黑的魅力，美並不都放射光彩。

既來之則安之，於是探索海底世界。解剖自我就是鑽研宇宙，一顆沙粒等同一座星球；神性寓於萬物，更融合蘊藏於人性之中。

深層的自愛，承載著西西弗的重負，沿著蒼茫無際的道路，向著遙遙地平線那若隱若現的光芒，跋涉！

（二〇〇四）

評如霏的〈想你〉

想你
在初冬的午後
燃一爐香
默祈一個心願
任思念在青霧中瀰漫

聊聊數筆，勾勒出簡明的畫面，頭開得自然。「燃一爐香」挺別致，感覺禪氣重了些。用「一枝香」是不是更雅一點？

「思念」是贅詞，既然「想你」的主旋律已經貫穿全曲，其他地方則不宜再直接、反覆地強調這個「思」，除非想塑造一個祥林嫂的形象。高明的做法是以實際行動告訴讀者你怎樣在思念。

「默祈一個心願／久久凝視著／青霧瀰漫」如何？

將火熱的臉頰　貼在
清涼的窗前
呵氣成霜　將心事
反覆塗抹成
或淺　或深的印痕

一個懷春少女形象躍然紙上，白描得新穎、細膩。「心事」也是贅詞，既然讀者已經從形象的肢體語言中讀出了你的心理活動，你嘴上就無須這麼坦白了，甚至可以半遮琵琶，口非心是一下。要知道，含蓄常常更有力量。

想你
在夏日的星空下

無眠的夜掛在枝頭
有
淡淡的花香在流

轉眼由冬至夏，癡情女還在相思，時空轉換得不露斧痕。「無眠的夜掛在枝頭」「淡淡的花香在流」都是平淡中見雅致的好句。「掛」、「流」兩動詞用得尤妙，支起了一幅寧靜且輕盈的動感圖畫。

「有」這一行累贅，詞義多餘，結構上更是。看得出作者對詩的音律是有意識的，努力寫出節奏感。此段朗讀起來，「有」行可以起到某種類似休止符的過渡連接作用，即便如此也不妥當，因為弊大於利。一字一行夾於段落中，非常影響視覺上的整體平衡感。

「在夏日的星空下／無眠的夜掛在枝頭／……／淡淡的花香在流」，得想辦法去掉一兩個「在」。作詩原則，盡最大努力不用或少用重複或同音的字、詞。

月色水一樣清純

將柔柔的月光　捉住
托她去親吻熟睡的你
風過枝頭
吹落一地的嘆息

典型的小女子情態，雖不失幾分生動，但比喻擬人都缺少新意，「月光如水」不用提了，托清風、托白雲、托燕子、托明月等給戀人捎去點什麼的手段也過於陳舊了吧。都二十一世紀了，發個手機短信不就結了，又快又不求人。

上段剛剛麻煩了「枝頭」，這段就免了吧。「嘆息」一詞似乎也過於直露了點。

想你
在落英繽紛的暮春
在楓葉飄零的深秋
將相思寫滿
每一片花瓣

每一張落葉
卻又全部
投入清冽的溪水中
任他們緩緩遠去
一如我對你的
思念

最後這一節問題多多。首先是結構。前四節都只有五行，這裡一下子擴張到了十一行，全詩的視覺效果大打折扣。

再來談談排比。古詩詞中，除了少數民歌，排比形式極少被採用；律詩的禁忌之一就是重複字，排比違反了這基本原則。上世紀初自由體新詩興起後，排比濫觴於郭沫若的女神，直至八〇年代朦朧派主將北島，歷久不衰。大體而言，排比句易書難工，缺乏美感，且容易被濫用，一不小心就流於口號（難怪革命詩人們對其青睞有加），所以必須謹慎對待。筆者印象中，排比於西洋詩也是一種次要的修辭手法，信手拈來一例：「你毀了所有的盟誓／你得了輕浮的名聲／聽別人說起你的名字／連我也羞愧難禁」（拜倫《當初我們倆分別》楊德豫譯）。本段的兩處排比，看上去都給人以牽強感，作者的用意是遞進烘托，目的即使勉強達到，也損害了其他方面如視覺效果等。

「將相思寫滿」：又來了，已經左「想你」右「想你」的了，再赤裸裸「相思」「思念」地嘮叨就……就……（抓耳撓腮：除了祥林嫂還有什麼帽子可扣？）

「卻又全部」：贅句。「卻、而、但、雖然、於是、並且」等等連接轉折詞，慎用！寫詩不同於作文，邏輯無須演繹得天衣無縫，句與句之間的啟承轉合也不必拘泥，這樣才能建立起語句的彈性和張力。更且，要相信讀者的審美能力，不用這突兀難看的「卻又」句，讀者就體會不出「卻又」之意嗎？不，他們只有感覺得更深刻。（注意到作者的三首詩中，都用了這個「卻」字，這不是一個良性偏愛）

「一如我對你的／思念」：典型的蛇足，將原本就不夠充足的讀者想像空間，以又一個「思念」，最後地加以剝奪。

這樣是不是好一些？

想你
從落英繽紛到楓葉凋零
將你、我的名字寫上
一片片花瓣、落葉
放入蜿蜒的小溪
目送著，隨風逝去

縱觀全詩，情感真摯細膩，憂而不傷；語言純樸自然，淡雅宜人；雖無妙語聯珠，靈光不時閃現。另外作為詩歌的要素之一節奏感不錯。

不足之處：遣詞造句、修辭的運用都比較凡俗；格調平庸，缺少情思深刻、意境高遠的詩眼。

（二〇〇四）

閒評海子

花了兩個小時，翻閱了四十三頁列印紙，著名詩人海子的短詩加長詩。怎麼說呢？作為一個多年的詩歌愛好者兼業餘作者，我感到很有些困惑和挫折，像是乍然來到了一個風俗迥異、語言不通的國度，除了浮光掠影的粗略印象，竟說不出個具體所以然來。

第一印象，詩人的大腦確實是一座異常豐富的金礦；然後想說，詩人不是一個認真的採礦工，因為他奉獻給讀者的是一座金砂堆成的小山，隨便抓起一把看看，含金量顯得挺充足，只可惜不是純金，充其量也就十四K。

光怪陸離、東鱗西爪的意象，散文詩般鬆垮的語句，粗放隨意的結構，韻味欠缺的音律，讓我這個自認的高級食客目光猶疑不定，面對著這盤佐料足夠卻實在不夠精緻的海味大餐，食之不能澈底消化，不食又有些不忍捨去，審美的再創造工作進行得十分艱難，且不清楚是不是值得。

他的長詩似乎比短詩好些（因為這裡我們多少可以寬容一下粗糙），繁複多變、色彩強烈的意象給感官乃至心靈以莫名的衝擊甚至震盪，像是一位近於顛狂的哲人書寫的現代啟示錄，《啟示錄》的痕跡處處可見，詩人真正吃透了《聖經》嗎？以二十二、三歲的弱冠書寫二十世紀的《神曲》、《浮士德》，全人類的宏篇史詩，對一位詩內天賦有餘，而詩外功夫不足的青年詩人而言，是不是一個不可承受之輕呢。

不理解就承認自己膚淺，對我來講並不是一件天要塌下來的事情，重要的問題是：詩，到底應該怎樣寫呢？

或許，往好裡說，詩人達到了寫作的至高境界，即純粹為自己而寫，將寫當作一種思維的梳理整盤，意識流的疏導釋放，與自我靈魂的思辯對話，借用一句前衛的術語：將寫作當作一門行為藝術。

如此，可憐的讀者就是可有可無的了。我自吹皺一池春水，干卿何事？

寫作尤其是寫詩，究竟應該是一種什麼樣的藝術活動呢？是為了靈肉的吐納釋放，自我與自我省視交流，還是為了爭取讀者的共鳴反饋，抑或三者兼而有之？

曲徑通幽博大精深的「思」能夠被文字精確完整地記錄下來麼？不能，

「寫」實質上是對「思」的一種或深或淺的演變甚至背叛，這是語言本身局限的問題，與人格心理和主觀意志無關。既然是演變，「寫」的目的就不應該是為了與自己的「思」進行內部溝通，而是為了將自己主觀之「思」與外部他人客觀之「思」進行一種發射與接收的交流，縱然自己的「思」已經被「寫」通過語言這一模糊媒介污染得不那麼原始純潔了，即使不能說是面目全非。

由此可見，寫作的基本與最終目的還是為了與讀者交流。所以，我不能不信奉這些古典原則：

寫詩是一項平衡的遊戲，詩人玩在一端，讀者玩在另一端，翹翹板是作品。

作詩如做愛，不能光顧著自己爽，不然誰和你來第二次。

作詩如作曲，要旋律，要規則，不是荒原狼的仰天嘶嚎。

詩人身兼三種身分：探礦者，掏金人，和金匠。

詩人是醫師，不是腦電波儀。

詩人是……，打住吧，這樣可以沒完沒了扯下去。

囫圇吞棗，是謂閒評。

（二〇〇六）

閒評《狼圖騰》

學習瞭解了一些生物學，可以看出不論從物種的繁衍數量，還是從集體與個體的生存品質即適應性來看，地球上萬類生靈的「成功度」按高低次序大致可分類如下：

一、**微生物**：細菌、真菌、病毒等，最原始的有機生物體。據說人類個體身上都帶有一百萬億枚這樣的生物——雖然看不見，摸著了也沒感覺。一百萬億，巨大得令人頭暈目眩的數字。看來我們每個人就是一個生機勃勃的生物世界。以億萬計的這些生物體看我們，或許就像我們看宇宙和上帝——宏大壯偉，法力無邊得不可思議。

二、**昆蟲**：具有四億年歷史，已知一百萬餘種，還有許多尚未被發現歸類，實際數目可能遠遠更多。占動物種類的四分之三，數目最為龐大。以螞蟻、蟑螂、蒼蠅、蚊子等為代表，其中僅螞蟻數量即有十萬億，千倍於人類。人類自認是地球上當仁不讓的主宰，螞蟻也有充足的理由這樣定位自己。

三、**魚類**：具有四億年歷史，已知三萬餘種。以沙丁魚（鯡）而不是鯊魚為代表。大魚吃小魚小魚吃蝦米不假，但小魚永遠比大魚更為興旺繁盛。大魚可能會滅絕，小魚小蝦永遠不會被吃光。

四、**鳥類**：鼻祖始祖鳥距今一億五千萬年。現存一萬餘種。以燕雀鴿子而不是鷹鷲鳶隼為主力。據悉在非洲大陸，體重僅二十克左右的紅嘴奎利亞雀總數高達十五億。如此洋洋大觀的物種族群，興盛不靠殺戮。

五、**哺乳類**：現存五千多種。比爬行類中的蜥蜴及蛇的種類（七千九百種）還少許多。與以上物種類別相比，哺乳類最為低能，這反映在其存在歷史最短，種類最為有限，與現存數目最少。而在哺乳類中，生存成功度大致排名如下：

1. 雜食類（**Omnivore**）：鼠輩第一，人類第二，其餘猴子猩猩狐狸野豬等各領風騷，而體力最為強大的熊類數量最少。巨無霸灰熊幹不過小精靈浣熊，儘管前者的身型體重可達後者的百倍。

2. 食草類（**Herbivore**）：野兔、鹿類、羚羊、山羊、袋鼠等為代表。牛、馬、豬、羊等家畜不計。正如紅嘴奎利亞雀，這些壯大的素食族群不以殺戮為生，手上不沾一滴鮮血。

3. 食肉類（Carnivora）：不計寄生於人類的貓狗。食肉類的生存狀態是個頭越小，活得越好。獅虎熊豹等大型掠食動物由於胃口大，食物來源受制於獵物，受自然環境的影響最大，真正的外強中乾，遠不如野貓、水獺等小型食肉類更擅長因地制宜，左右逢源，能於各類環境下繁衍生存。

狼位於食肉類的中層，處境強於老虎獅子，但遠不如食草類對自然環境的適應性強。原因很簡單：在一片草原上，如果狼吃光了所有的羊（這裡羊泛指食草類），牠自己也將隨之消亡，所以狼必須讓牠的食物羊持續生存下去。對此狼群會進行自我調節，或自相殘殺，或向外遷移，使群體的數量限制在食物來源不致匱乏的可控範圍內。而羊則完全不必依靠狼生存。如果沒有了狼，羊的問題將是繁衍過剩，此時的矛盾就是羊和草原之間的供需問題，老弱病殘的個體會被自然淘汰——羊甚至會自行實施某種「計劃生育」，最終達到合理的自然生態平衡。但是，還是不需要狼來解決這個問題。而狼的生存一定需要羊，沒羊就沒狼。一個現成的例證是澳大利亞袋鼠，那裡牠們幾乎沒有狼等食肉類天敵，數量有限的澳洲野犬丁格對其整體生存沒有威脅，所以大量繁殖直至「過剩」，但並沒有造成物種生態危機，給人類帶來的所謂危機不論。

小結：

《狼圖騰》以狼來代表在殘酷生存環境下眾多物種中的佼佼者，鼓吹所謂的物競天擇強者生存，就生物學而言毫無科學根據，論據不堪一擊，論點極其荒謬。在地球上的任何草原，從來沒有狼群（食肉類）繁衍壯大到接近——更不要說超過——羊群（食草類）規模的現象發生，因為這違反自然規律，所以是絕對不可能的。談過生物學，再從歷史和社會學的角度來探討這個主題：

首先來看看歷史上的所謂「狼民族」吧：狼族即遊牧民族。在特定的歷史時期，其文明進化程度較低，慣於以劫掠農耕民族為業。最早著名於世的當屬馳騁北漠的匈奴，被漢武帝逐出東亞後遠遁至歐洲腹地（部分融入中原），「上帝之鞭」威震一時，隨即就銷聲匿跡了。如今最多還剩下個中歐小國匈牙利，究竟是不是當年的匈奴則很難說。看看他們的高鼻深目就可以知道，至少不是純種了。

再有鮮卑，隨後是突厥，皆與匈奴異曲同工的命運。前者流星般興起衰落，走馬燈似的建國滅國後被融合解體，最後竟不知所終。後者被唐太宗驅逐出東方，流落至西亞後東山再起，奧斯曼帝國八面威風數百年，如今萎縮成個土耳其，再難成氣候。其實李淵、李世民本為鮮卑裔，他們建立的「大唐」即「遠東的奧斯曼」，也就是地地道道的狼種了，但這個威震一方的強大狼族最後卻被羊，也即漢民族徹底同化掉了。

最典型的是鐵木真的蒙古，黃禍的始作俑者，殘忍嗜殺滅絕人性，比希特勒還希特勒，狼中之狼了吧。當年蒙古鐵騎橫掃歐亞大陸，所向披靡不可一世，可轉眼不過百年左右，來去如風曇花一現。如今的蒙古國不提也罷，它沒有被其征服蹂躪的羊民族徹底同化滅種，已經是天大的造化了。至於蒙古以外鐵木真的子子孫孫，當年那些比狼兇殘百倍的征服、殖民者的後裔，都早已為它所征服的羸弱民族同化吞噬淨盡，中亞東歐的那些摳眼睛、大鼻子就是證明。

中國歷史上，前有匈奴、鮮卑、柔然等，後有契丹、蒙古、女真等，這些「狼民族」都曾昌盛一時，但各自最後的結局卻是大同小異，他們或是因自相殘殺而消亡，或是被「羊民族」同化而滅種，幾無例外。「狼民族」縱然可以猖獗於一時，將「羊民族」置於自己征服的爪牙下，但卻不能永保興盛，最終的勝利者總是「羊民族」。

最後需要特別點明的一個重要歷史實事是：既為自然環境所迫，更受文化發展制約，漢民族自古以來確實缺少對外開拓精神，偏安於東亞大陸不思進取，關起門來做老大。但是，數千年來這個古老民族一脈相承了一種自相殘殺、無所不用其極的傳統，信奉暴力，崇尚鐵血，槍桿子裡面出政權，再以槍桿子維持暴政，周而復始循環往復，至今仍未消停。動輒打殺征伐，對同宗同源的自己人最狠最陰最毒，已成中華國粹。所以如果說它是「羊」，那這乃是一頭尖牙利齒，血盆大口裡塞滿了同胞屍骨血肉的「羊」。史不絕書，僅舉一例：十九世紀中葉席捲了大半個中國，交戰雙方皆非善類的那場「太平天國內戰」，血流成河慘絕人寰，造成直接被害人口五千萬以上，間接死亡人數高達二億（占當時全國總人口的半數），超過二十世紀第二次世界大戰所有交戰國的傷亡總和。今天的「羊」吃「羊」現象仍在中國大地上如火如荼上演著。

說老實話，我不僅不反感，相反挺喜歡狼這種個性堅韌不拔，且具集體主義精神的動物。號召人類學習狼的精神，實在是對狼的莫大歪曲和侮辱，因為包括漢人在內的人類遠比狼更為兇殘狡詐、無恥貪婪和嗜血成性。兩相對比，狼才是人，人才是狼。

（二〇〇八）

漫議中國文學史

逛完西方的花園，折回故鄉的庭院。真有點黃山歸來不看嶽的感覺。那些西方文學中永恆的主題：神與人、罪與懺悔、惡與寬恕、愛與美、生命意義與死亡、人與社會等，中國文學裡有什麼呢？西方文學中沒有的主題，中國文學又有什麼？

神與人

作為世界上唯一不信神的古老民族，我們沒有自己土生土長的多神或一神。而對於外來神，我們的態度是實用主義，將其貶值為一種為我服務的世俗工具。不要說始終鬱鬱不得志的耶和華或基督，就是成功地進口了一千多年的菩薩，在我們窄小的文學殿堂內也沒有一席尊嚴之地，連座像樣點的泥像都沒有，有的只是一個迂腐得近乎愚昧可笑的唐僧。這和西方相當一部分偉大作品直接與神有關如《神曲》、《失樂園》等形成了鮮明的對照。

淵遠流長的中華文學，是世界文學史上唯一不把神明放在眼裡的一支異類。沒有神明，也就沒有史詩。自豪的詩歌大國至今沒有一部史詩，將來更不可能有。

如果說我們民族所有的問題都出在不信神，有沒有誇大其詞？

罪與懺悔

古老的神州大地上從來都不少罪惡，但是我們從來都不作懺悔。我們信奉的是赤裸裸的叢林法則，弱肉強食，成王敗寇，天經地義。懺悔是弱者膽小鬼才做的事情，人人犯罪都有充足的理由。強姦民意有理，革命造反有理；株連九族有理，殺人放火有理；甚至吃人也有理。從焚書坑儒到文化大革命，有哪一位學者文人為個體、群體乃至民族的罪惡懺過悔？

中國人總是有理，中國人永遠有理。既然永遠總是有理，那麼任何所作所為都不好叫作犯罪；既然不叫犯罪，哪裡還需要什麼懺悔。文了幾千年的學，竟沒有一部類似《復活》、《懺悔錄》那樣的作品，也是一個不大不小的奇蹟。

惡與寬恕

既然拒絕懺悔自己，也就不會寬恕他人。我們講究大是大非的原則，以血還血、以牙還牙，對敵人的手軟是對自己的殘忍，對敵人要像秋風掃落葉一樣殘酷無情，君子報仇十年不晚，等等。《聖經》、《悲慘世界》等宣揚的寬恕，對於我們來講是不可思議的天方夜譚。

與人奮鬥其樂無窮，冤冤相報沒有盡頭，這既是我們歷史中的現實，也是我們文學中的歷史。時至二十、二十一世紀，以滿紙瀰漫血腥，寫盡打打殺殺，思想貧乏，觀念陳腐的金庸，贏得洛陽紙貴賺得金銀滿鉢也罷了，居然還加冕為現代文學大師，真可謂有什麼樣的讀者，就有什麼樣的作者，嗚呼！

愛與美

我們不惜筆墨，將自然之美描繪到了極致，可是人之愛與人之美呢？我們哪一位作家以此為最高的追求目的？又出過什麼以大愛大美為主題的鴻篇巨制？大體而言《紅樓夢》是現實主義的揭露文學，而不是理想主義的浪漫文學。曹大師不是，就沒有人能是了。《詩經》之後，中國人也放蕩過（比如今天），但卻從來沒有真正浪漫過，從來沒有頂禮膜拜過維納斯，愛的聲音始終如蚊子嗡嗡，美的畫卷只有黑白的山水。

或說我們寧靜致遠、平和謙沖，嚮往尋求返樸歸真，與大自然水乳交融成一體。真的麼？給五柳先生一方太守做做，他還會有閒情逸致「採菊東籬下，悠然見南山」？唐玄宗讀了「不才明主棄」後若幡然悔悟，孟浩然還能「夜來風雨聲，花落知多少」地老死江湖？至於那位一輩子夢想當官，夢想當大官，「我輩豈是蓬蒿人」的李大仙人就更不用提了。轉不了城市戶口，不得已退而求其次吹起了牧童短笛，誠實些好嗎。

老莊無疑是值得景仰的，但是他們超然的精神從來沒有形成一股文學主流，始終被用作一個自欺欺人的幌子。自屈原到唐詩宋詞，中國文人寄情於花鳥山水，與其說是順其自然的天性使然，不如說是一種別無選擇的無奈，當寫作的空間被權威無限的統治者和殺人不見血的傳統禮教雙重壓縮到了極限，悲哀的目光只有轉向大自然。雖說失之東隅，收之桑榆，也取得了相當的藝術成就，但說到底是一種人性扭曲的文藝實踐。

生命意義與死亡

在與人奮鬥中五子登科飛黃騰達，就是我們幾千年來孜孜不倦追求的生命意義，也即我們文學的永恆主題。至於終極嚮往、人本關懷、存在意識、民主自由等，這些不能拿來當飯吃的東西從來上不了我們的書桌枱面。我們是一個實際到了牙縫的民族，關注肉身遠遠大於心靈、精神與靈魂。

至於死，多觸眉頭的話題。聖人早有明訓：不知生，安知死。我們不談死，我們就永遠不會死。永遠可以與天鬥與地鬥與人鬥下去，恣意搏擊於物質世界，忘情馳騁在滾滾紅塵。

我們的文學沒有哲學，我們的哲學沒有人學。

人與社會

一枝獨秀，我們的文學發達在這裡，可以在世界文學史上佔有一席之地。原因很簡單，我們是血統最純正的社會動物。

忠君報國、憂國憂民為最有中國特色的一類，以老杜、〈岳陽樓記〉等作家作品為代表。考慮到其所處的中世紀年代，詩聖不愧為千古第一人，值得百世流芳。

在這塊自我封閉的土地，比蜘蛛網更交織縱橫、錯綜複雜的社會關係是一個取之不盡的創作源泉，複雜紛紜的人性於社會關係中鋪開展現。於是，我們產生了若干偉大作品：《三國演義》、《水滸傳》、《金瓶梅》、《儒林外史》、《紅樓夢》等，至魯迅達到了最高峰，入木三分的筆劍勾刻出一幅幅人性的罪惡畫卷，但是，我們最遠也就走到這裡了，既沒有人性的昇華，更看不到希望的光明，只剩下一片白茫茫大地真乾淨。

簡而言之，中華文學是一具社會學和史學的綜合體，缺少哲學和神學的內涵，瘸了一條腿，深度和廣度都很不夠。存在決定意識，整體的生存狀態決定了文學的位置與水準。

（二〇〇五）

起訴莫言——圈兒之死

莫言熱正甚囂塵上，作為文學票友的我自不能免俗，不然也對不住這中華文壇之百年盛舉，舉國歡慶的嘉年華會。根據早先的不成功經驗，估計《豐乳肥臀》等鴻篇巨帙還是無福消受，但品嘗若干短篇應無傷大雅，也算是漏萬掛一管中窺豹。正巧網友轉來他的《狗三篇》，自命動物發燒友的我自然見獵心喜。揣著三分期待、三分懷疑、三分挑剔的複雜心態，鄭重其事列印下來，留待夜晚就寢前，沐浴更衣後，認真仔細拜讀。

大作讀畢，第一印象是文字還行，比早先的記憶要好些。作為散文，雖拖沓累贅、偷換概念、觀念陳舊等硬傷俯拾皆是，遠談不上文情並茂、邏輯嚴謹、知識性強，但最起碼還樸實無華、通順流暢，也不無趣味，總之比作者賴以成名的那些長篇更耐看些。第二感覺是拍案而起的一個衝動：我要將這文章作者告上刑事法庭，罪名為「虐待動物」，罪證就是《狗三篇》之一——〈狗的悼文〉。

〈狗的悼文〉與其說是一篇敘事文，莫如說是一紙自供狀，不打自招詳細列舉了作者虐待小動物的種種非法行為，白紙黑字，證據鑿鑿；所作所為，駭人聽聞。

起訴書就從莫言老師家豢養的小動物，一條狗的童年說起吧：

古今中外，凡人養狗，歡天喜地將狗嬰抱回家去，像抱回個領養的小孩，頭等大事做什麼？給狗寶寶起個名字唄，一個或動聽響亮或吉祥喜慶或有紀念意義的獨特姓名。從此這狗兒就是咱家的成員之一了，不僅有人格化的名字，更有應得的地位和權利，當然也有義務和責任。讀〈狗的悼文〉，稍具寵物經驗或知識的讀者會驚訝地發現：莫老師養的這隻狗，居然連個正經名字也沒有，整個一無名氏，黑戶口。說牠無名無姓也不盡然，在牠主人的嘴裡，牠的生物物種學名就是牠的大名——狗。小主人夜晚睡覺害怕，女主人安慰她道：「不怕，我們有狗」。聽上去怎麼都覺得怪怪的。這餐風宿露雪雨無阻，忠心耿耿守護在房門外，讓你們深更半夜能夠睡得踏實安穩的生物，就不配有個既人性化，招呼起來也親切順口的名字嗎。文學大師之家，也太吝嗇你們豐富的想像力了。在此，為紀念這可憐的狗兒，也為了行文方便，容許我給牠追認個名字吧。叫「莫家犬」

如何？「莫犬兒」似乎更好。犬圈諧音，小名就叫「圈兒」吧，誰叫牠的一生，和「圈」結下了不結之緣。

一條狗，一條雜種狗，一條連個名字都不配享有的狗，就莫指望什麼地位和權利了。莫犬兒進了莫家門，開始了牠被圈養、被虐待直至被屠戮，悲慘而短暫的一生。

剛進家門那陣子還好：「一身茸茸毛」，眼睛才將將睜開，路走得跌跌撞撞，自我意識十分有限。故而以一副楚楚嬌弱的嬰孩模樣兒，博取了主人的歡喜呵護，小主人「省出奶粉來餵牠」。圈兒在牠的嬰幼兒期，過了幾天幸福的日子。可惜好景不常，少則幾週，多則數月，也不知道是咋整的，莫名其妙就失了寵，或許是因為自己淘氣，或許是因為主人的新鮮勁過去了，「小狗漸漸長大，越來越不可愛了」。寵物不可愛了，意味著好運的終結，與厄運的開始。

眾所周知，狗是一種高智商動物，聰明得似有靈性。養狗如育嬰，不是餵飽了就一了百了，而是要隨著被養育者身心的不斷成長，循序漸進地對其進行階段性教育，或曰訓練。野狗需要馴化，家狗需要訓練，雜牌、名種無一例外。狗和人一樣，小時候不接受良好的教訓，長大了就逐漸變野，再教育也就晚了。養兒不教父之過，養狗不訓主之錯。

圈兒沒有家庭教師，不曉得是非對錯，更不懂得怎麼做才能討主人的歡心。小狗身體瘋長，體能精力旺盛，難免會調皮搗蛋，終於闖下了大禍，「把我妻子飼養的小油雞吃掉不少」。油雞只有主子吃得，狗奴如何吃得，偷吃主人的禁臠，後果十分嚴重。為此，圈兒付出了慘重的代價，懲罰是終身制的：從此再也吃不到一頓飽飯了。這還不算完，更為可怕的是，牠就此失去了狗身自由，至死方休。

一條冰冷的鐵鏈，套上了牠的脖子，由始至終形影不離，成為牠肢體的組成部分。這裡，莫老師以他的生花妙筆，繪聲繪色為我們勾畫出了圈兒那時的生存狀況：

「牠不幸到了我家，剛開始還吃了幾頓飽飯，後來就再也沒吃飽過。牠瘦得肋條根根突出，個頭沒長夠就蹲住了。我們也沒顧上給牠蓋個窩，一年四季，風霜雨雪，就讓牠露著天在牆根上蹲著。有幾次整日暴雨，牠在雨中瘋狂地轉著圈，追著自己的尾巴咬，眼珠子通紅。我疑心這傢伙瘋了。後來轉不動了，叫不動了，就縮成一團，渾身水淋淋的，像個老叫化子一樣哼哼著，見到了我們，就發出哭一樣的叫聲，眼淚汪汪的，真是可憐極了。但肯定是不能把牠放進屋子的：牠滿身泥水，腥氣熏人，還有一身的跳蚤。我和妻子冒著雨給牠搭了一個小棚子，但牠竟然不懂得躲進去避雨。那個夜晚，在牠的呻吟聲裡，我睡得很不安寧。牠的生命力實在是頑強，太陽一出，抖掉身上的水，立刻又活蹦亂跳了。牠的責任心強得有點可怕，在雨中，那般苦熬，但只要街上有點動靜，牠馬上就忘記了自己的痛苦，拖著鐵鏈子跳起來，狂叫不止，向主人示警。」

有壓迫就有反彈，有束縛就有掙脫。一方面，圈兒是一隻狗，生來帶有深深的奴性，俯首貼耳逆來順受，無條件服從那賜給自己一口殘羹剩飯的主人。但另一方面，圈兒更是一個生靈，任何生靈都有熱愛自由、追求幸福的天性。這天性，與生俱來，愈挫愈勇，不以壓迫剝奪者的專制意志所轉移。圈兒不甘心被關押在這咫尺方寸之間，終日與鐵鏈、泥土和自己的排泄物為伴，牠渴望去親近枷鎖以外那廣闊的空間。只要一有機會，牠就要向牠的牢籠發起挑戰：「如果有人敲響了我家的門環，牠一蹦能有三尺高；如果有人打開我家的門走進院子，牠就忘了脖子上拴著鐵鏈，發瘋似的衝向前去，在半空中被鐵鏈頓得連翻幾個跟頭跌下來；爬起來牠繼續往前衝，屢跌屢起，直到客人進了屋子牠才停下來，吭吭地咳嗽，吐白沫，讓鐵鏈子勒的。」

這是悲壯的一幕，孱弱、卑微，孤獨無助的小狗圈兒，以自己燭光般的血肉之軀，譜寫了一曲現代版的荷馬史詩。這史詩，沒有色彩，只有黑白；沒有牧歌，只有嚎叫；沒有鮮花，只有鮮血。詩中，牠扮演的是那勇於反抗暴君天神宙斯，一度捆綁了死神，拯救眾生於死亡，最終被邪惡諸神處以嚴酷懲罰的悲劇英雄——西西弗。

讓我們來對比一下古今中外這兩個悲劇角色的異同：西西弗，古希臘神話中的一位國王；圈兒，二十一世紀中國山東省的一條土狗；前者生得高大威猛，後者註定矮小萎縮；一次次，無數次，西西弗將巨大的石頭推向高山之巔，圈兒拖著沉重的鐵索躍上半空；巨石壓迫西西弗從山頂滾落，鐵索將圈兒狠狠地砸回地面；西西弗推向山峰的是石頭，用的是他的兩隻手；圈兒帶向空中的是鋼鐵，鋼鐵深深嵌入牠的頭頸。最終，西西弗在這種孤獨、枯燥，艱難得令人絕望的日常進程中，發現了自我存在的價值意義。這意義就是在荒誕的生命中，通過機械繁瑣的日常勞作，去努力發現自然的美，尋求人性的愛，進而反過來在享受這美和愛的同時，戰勝人生的苦難，化解生命的荒誕。西西弗的精神昇華了，從而超越了自己的悲劇命運。那圈兒呢？牠也取得了即使稱不上偉大，卻也很了不起的成就，牠戰勝了強度、硬度超過己身千百倍的鋼鐵——「先後掙斷過三條鐵鏈子」！一隻小瘦狗，三條鐵鏈子，圈兒以鐵的事實，揭示了一個千古之謎：生命是什麼？生命就是自由意志。自由意志是身心的支柱，生存的靈魂。

西西弗幡然悟道後，就完成了他通過幾經磨礪、體驗苦難，最終發現、闡釋苦難之存在意義的神聖使命。精誠所至，金石為開，諸神為他堅韌的意志和崇高的精神所感動，終於良心發現，隨即主動釋放了他。綠水青山，天高地遠，西西弗重新獲得了自由，功德圓滿，安享天年。那麼圈兒呢？圈兒是不是也苦盡甘來了呢？——很不幸，牠沒有。圈兒的後期命運與西西弗的截然相反。牠幾次三番掙脫了枷鎖，但卻沒有獲得牠應有的自由；牠奮力衝破了個體的生理局限，但衝不破人類奴役的金箍棒圈。更不可承受的枷鎖，更不天經地義的壓迫，等待著牠前來領受。

狗日的想跑，每天有一口不勞而獲的飯吃竟然還不知足，故意毀壞私人財產，給俺家帶來重大經濟損失，該當何罪。更何況這是犯上作亂的苗頭，大逆不道，必須扼殺於搖籃之中，主人至高無上的權威不容挑戰。於是主人行動起來，

「在集上轉了好多圈」，只「為了找一根不被牠掙斷的鐵鏈」，「終於在賣廢鐵的地方發現了一條，是起重機滑輪上使用的，就像《紅燈記》裡的李玉和赴刑場時戴的腳鐐那樣粗，有三米多長，十幾斤重。我如獲至寶，出價要買。」聽客官說買這鐵索回去是為了拴狗，那見多識廣的賣主大驚失色：「天老爺爺，你們家養了條什麼狗？」

莫老師不好意思回答人家他養了條什麼狗，裝聾作啞糊弄了過去，因為實在是說不出口：他的狗，不是傑克・倫敦的巴克，不是林海雪原裡的賽虎，更不是「吃人肉吃得全身流油個頭巨大像小牛犢似的」日本狼狗。他的狗，是一條從小就發育不良，「個頭沒長夠就蹲住了」的「餓得瘦骨伶仃的狗」。不好意思歸不好意思，這並不影響莫老師殺雞用牛刀的定式思維。他將這件「至寶」淘到手後，回家立馬就轉送給圈兒當項鏈了，粗大的新索鏈套上了圈兒的脖子。

莫老師呀莫老師，您老可真給力，大手筆，讓人不服不行。「餓得瘦骨伶仃」，與豐乳肥臀毫不沾邊的圈兒體重多少？三十，四十，撐死了五十市斤吧。三米多長的粗鐵索，恐怕不像您說的十幾斤那麼輕飄吧——那是麻繩的份量，怎麼著也得二十多斤。二十多斤重的鐵索對於圈兒來說是什麼概念，是牠體重的百分之五十甚至更多。一個成年壯漢，你給他戴上八、九十斤重的枷鎖試試，保管他整天除了在地上趴著，啥事也幹不了。當然，您送圈兒這條踏破鐵蹄無覓處的項鏈的目的很可能也正是這樣：你個看家狗，除了需要的時候起來叫喚幾聲，盡到你作為一條狗看家護院的責任，其他時候，你就給俺老老實實趴在那兒吧，省得給俺到處惹麻煩。

圈兒啊，咱胳膊擰不過大腿，好死不如歹活著，既來之則安之，直面現實，都到這份上了，你就認命吧。搖頭擺尾做不到，俯首貼耳總不難吧。乖乖窩在你那巴掌大的犄角旮旯，停止奢望鐵索外的空間；安分守己趴在主人給你指定的工作崗位上，盡情享受你吃喝拉撒睡的權利，和仰望星空低頭沉思的自由，保管能夠多活幾年，搞不好最後還能老死善終呢。換作一般家犬，對於這友情建議，定會幡然悔悟欣然接受，並努力去付諸實現。可問題是圈兒不是一般的狗，圈兒是一條不甘心作狗的狗，圈兒是一條生著狼心狼肺的狗。牠就是嚥不下這口氣，牠戴上了李玉和的腳鐐，不幸也染上了李玉和寧死不屈的脾氣：俺一沒殺人放火，二沒偷雞摸狗，三沒參加民運法輪功，憑什麼給俺套上這既不人道也不狗道的刑具，沒來由判了個無期徒刑，苟延殘喘，生不如死。俺生來不是給人圈的，就是不要為趴著而活。不站立，毋寧死。只要還有一口氣，俺就要掙脫，俺就要越獄。

此時的圈兒年紀不過四、五歲，約合人類的三十歲左右，還正值青壯年，卻已是百病纏身，羸弱不堪：從小到大飽飯沒吃過幾口，營養嚴重不足，「瘦得肋條根根突出」，和非洲飢民有得一拼；疫苗是奢侈品，洗澡不符闔家情，身體早已成為跳蚤蝨子蚊蟲的常駐樂園；長年累月餐風宿露，風濕病關節炎不請自來；正常的性能量無處釋放，被人為禁慾壓抑成疾，反過來損害身心健康。而最致命的，是無時不刻被鐵鏈子圈著，維持肌體功能必要的活動是「追著自己的尾巴咬」，骨胳、關節、肌肉等逐漸扭曲、變形乃至萎縮。頭頸被粗大的鐵鏈條沒日沒夜零距離伺候著，毛被磨得脫光，皮被勒得穿破，層層血肉翻了出來，冬天凍成冰凌，夏天招來一群群蒼蠅，你來我往，繁衍後代……

無巧不書，我還正好碰到過圈兒的同類：清晰地記得那是上世紀九〇年前後，我家住在京郊藍旗營小區，樓前數米開外有一堵石牆，高不成低不就，牆外是土坯平房民居。不知打何年何日起，左近常常傳來陣陣狗叫聲，忽高忽低，悠長淒厲，沒日沒夜。一日休閒在家，忽見對面圍牆上坐著兩三個小子，同時犬聲大作。哈哈，有熱鬧看！一向自命愛狗族的我興奮地奔出前院，隨眾人攀上圍牆。頓時，駭人的一幕突入眼簾：沿牆一戶人家的後院裡栓著兩條黑狗。說是後院，不過只三、四尺寬，一、二十尺長。牆根一左一右那兩條狗，個頭偏上，長嘴尖耳，像是雜種狼狗之類。從頭到尾瘦骨嶙峋，一邊聲嘶力竭咆哮著，像是要把自己的聲帶活生生嚎叫到破裂，一邊身體劇烈運動著，跳起、前撲、甩頭、打轉，狂暴之極，竭力要掙脫頭頸上的索鏈，好撲上前來，將眼前的一切生物撕咬成碎片。但其所有的努力只是徒勞，那鋼筋鐵索牢牢卡著牠的脖子，脖子上的毛皮已經被磨得光禿，皮開肉綻，露出裡面紅白相間的絲絲白骨……

終於，圈兒瘋了，作為一隻狗瘋了。牠不是不幸感染上了狂犬病毒，於神經病之生理學的意義上瘋了，而是因為生存狀態不符合人類為犬類制定的規範標準，於精神病之心理學的意義上瘋了。長期慢性謀殺式的監禁，突破了圈兒身心的忍受極限——莫以為忍受極限是人類的專利。將一個人從幼兒到成年長年累月鎖在方寸之間，他或她能不抓狂，遑論狗乎。圈兒發瘋後的內在體現，牠搖尾乞憐的狗性逐漸消泯，代之以爭自由求獨立的野性。當一條狗身上的野性壓過了狗性，牠的所作所為必然會違背人類對牠的評判要求，牠的價值觀不可避免地與人類的價值觀產生碰撞衝突。故而，這條返樸歸真，喚發出了原始野性即動物天性的狗，就蛻變為一個反人類的異端另類了。

隨著對自由愈來愈強烈的嚮往渴望，圈兒開始牴觸進而仇視人類，先是對陌生人，逐漸發展到對自己的主人。牠擯棄飲水思源教義，反思出了冤有頭債有主的邏輯關係。愈發狂躁的行為方式揭示著牠從混沌到覺醒的心路歷程：是你們養育了俺不假，但這麼多年來讓俺殘羹剩飯也是吃了上頓沒下頓，給俺套上比俺的腿還粗得多，脖子都要被它壓斷了的鐵鏈，把俺丟在冰天雪地裡自生自滅，罵俺打俺踢俺的，也還是你們。俺在你們的眼裡，就是一隻畜生，一隻連狗都不如骯髒低賤的畜生。俺這畜生的唯一用途，就是在偶爾需要的時候叫喚兩聲。俺給你們帶來平安，你們卻不給俺基本的狗權。放俺走，或者一刀殺了俺吧。不然，不然俺和你們拼了！意識形態的變遷轉化為巨大的靈肉力量，最終，圈兒做出了兩件對於整個犬類而言都可謂驚天動地的大事：首先，牠完成了不可能完成的任務——掙脫了那條李玉和式的巨大索鏈，從而獲得了哪怕暫時的自由。緊接著，牠利用這短暫的自由片刻，把牠的主人狠狠地咬了。

圈兒的結局，簡單而符合程序，從人類處理類似問題的角度而論，幾乎無懈可擊——牠被主人招來的外人給結束了。不好就此說主人冷酷甚至殘忍，一開始主人也是憐憫之心尚存，沒想把事情做得太絕，只是計畫著把牠送給什麼人，逐出家門了事。結果未能馬上如願，於是就動了殺機。主人的一念之差決定了圈兒的命運。人類有權並且有能力決定任何動物的生生死死，事情就是這麼簡單。

圈兒走得還平靜，沒有想像中的悲壯，除去一點小插曲：劊子手到來後，牠被主人拖出了大門，立刻意識到了凶多吉少大禍臨頭，於是拒絕跟陌生人走，再不想離開這牠蹲了一輩子，名義上的家，實際上的牢獄了。大限來臨，牠猛然頓悟到了好死不如歹活著這句千古格言的深刻。可惜為時已晚，事到如今已經由不得牠了，牠必須為自己的不法行為付出應有的代價，原則問題沒有商量的餘地。「那兩個人拖牠走，牠死活不走」，「雙膝跪著，望著她（主人），那眼神真讓人不好受」。即便如此，也於事無補，主人的神經足夠堅強，意志十分堅定，拒絕開出臨刑赦免令。圈兒眼巴巴最後一絲生的希望，就此黯然熄滅。牠還是倔著不走，不走就不走吧，也省得多費手腳，哪兒還不能宰條狗呀，於是當街就執行了。工具好像用得是木棍——那東西好使，可以做到殺狗不見血。平常兇猛異常的圈兒，此時居然沒有進行任何反抗。或許是因為看到連主人都執意要牠死了，牠萬念俱灰，也就心甘情願認命了吧。「這是牠第一次出門，出去了，就永遠回不來了。」

圈兒的一生，是一個動物的悲劇。悲劇的一手製造者，非莫老師一家莫屬。起訴莫言，為圈兒討回公道，也為千萬和圈兒有著相同命運的阿貓阿狗請命，以儆效尤。一舉兩得何樂不為，不幸卻淪為一時激憤的氣話，現實世界中完全沒有可操作性。告狀要上法庭，起訴依據法律，可時下在中國，哪家法庭會受理這等「荒唐」的案子，又有什麼相關的法律條文可依。《野生動物保護法》於二〇〇四年制定推行，已經是天大的進步，到底和現代文明社會接軌了。大熊貓、東北虎、藏羚羊等等奔相走告、彈冠相慶：啊，今天太陽從西邊升起來，人類破天荒開恩了。千萬年來我們被他們圍剿屠戮，幾乎就要被趕盡殺絕。這時奇蹟出現了，我們被他們的主流接納了，在這塊古老的土地上獲得了有限的合法生存權。阿彌陀佛！

至於那不在《保護法》開恩之列，多如牛毛的非野生動物，諸如被當街屠宰的毛驢、每天被開膛破肚抽取膽汁的黑熊，及無數貓狗寵物等等，對不起了，你們的生存狀態和命運，只有仰仗於你們主人心腸的顏色了，請自求多福聽天由命吧。動物福利和權利是近代人文主義發展後產生的奢侈品。在一個丈夫把妻子修理個半死，父母將子女管教得遍體鱗傷體無完膚都懶得有人過問的半封建社會；在一個將個瞎子層層圈禁，把P民、僧侶因絕望而自焚當作煙花欣賞的半法西斯國度，奢談動物權利，有點前衛得近乎迂腐了。沒奈何，我們無法將莫老師送上法律的審判台，那麼就將他送上所謂的道德法庭，接受現代文明的拷問和洗滌吧。縱然這做法不無阿Q，也總算是一種自我安慰，聊勝於無。

詩文精華多發自言外之音，〈狗的悼文〉也莫能例外。本文僅僅是莫老師虐殺小動物後的有限懺悔和自供狀麼，反覆閱讀中我忽地於無聲處聽驚雷，赫然發現——確切說是發掘出了他蘊藏不露，連文本作者自己都渾然不覺的微言大義，不覺頗感幾分震驚和詫異，「如同上了一堂深刻的階級教育課似的觸及靈魂」：原來中國的草民怎麼圈養他們的狗，中國的統治者就怎樣圈養他們的子民。莫家狗圈兒，這土得掉渣兒，普通得枯燥，不幸得乏味的小狗，不正是數千年來歷朝歷代，古老中華大地上億萬草民的生動象徵和寫照嗎。他們與生俱來的天賦人權是被圈禁，人生的不解之緣是被榨取。廝守著兩畝三分地，日出而作日落而息，當牛作馬拼死拼活，換來統治階級皇恩浩蕩的一勺殘羹冷炙。填飽肚子是莫大幸福，好歹活下去是至高理想，常常可望而不可及。寧為太平犬，不作亂世人，所謂太平犬就是圈兒這種生存狀態。他們被賜予感恩戴德的無限權力，偶爾也被恩准保持沉默，但絕對無權訴苦報怨，表達憤怒呼籲改變更是不可踰越的底線。當他們被圈禁得超過了忍受極限，終於想要鬆動鬆動麻木不仁的腿腳時，換來的是更粗、更重的鎖鐐伺候。當他們連殘羹冷炙也領受不到，油水被壓榨到了骨髓，再怎麼歹也活不下去了，被迫奮起抗爭時，統治階級的反應果斷而堅定——「不要了」，立即格殺勿論，斬草除根。

狗啊，你有時是人；人啊，你常常是狗。圈兒啊，你以你唯一的生命，卑微而不凡的一生，再次印證了這千古醒世恆言。為此你死而無憾，可以安息了。

（二〇一三）

註釋：文中引號內文字皆引自莫言〈狗的悼文〉。

論説

我疑故我在

我懷疑存在的一切。這個世界在我的眼睛裡，是一座由無數問號組成的原始森林。

我懷疑自然萬物，因為不相信肉體感官。我說我看到了，眼睛會欺騙我，我沒有看到的比我看到的多得多，我怎麼能說看到了。我看到的或許是我沒看到的，我沒看到的或許是我看到的。就像我沒有看到氣體，卻看到了雲。另外「看」具體是什麼？

我看到的同時也聽到、聞到、觸到了，誰又能保證這不是眼睛、耳朵、鼻子和皮膚聯合起來的一個陰謀？人常說盡信書不如無書，那麼盡信感官不如無感官。懷疑自己的感官應該有道理，在夢裡我們的各種感官也活靈活現地工作著，真耶假耶？

我懷疑我的愛，我愛的對象是虛無還是實體，這個我不能不產生疑問，如果連自己的存在是虛無還是實體都無法確定。據說愛是心靈的波動，而心靈最為可疑，首先什麼是「心」呀？

我懷疑我的心靈或思維，因為感覺心靈常常不由我作主，掌控它的或另有其人。他人或靈支配左右著所謂我的心神，我跟著這個心神機械地行動，可我究竟又是什麼？

我懷疑我的文字，心靈都不可靠，更不用提它的翻譯或影像了。文字對我進行雙重的欺騙，幾乎等同於謀殺，我早晚要死於我的文字，慢著，死又是什麼？

我懷疑生，也懷疑死。懷疑生可以減輕精神生命的折磨和痛苦，懷疑死自然更是了。我要繼續，永遠保持這個懷疑。懷疑帶來痛苦，但懷疑更減輕痛苦。因為當我懷疑了，我就不那麼糾結了，不那麼執著在乎了。莊子的妻子去世了，他竟鼓盆而歌，歌曰：「生死本有命，氣形變化中。天地如巨室，歌哭作大通。」或許就是這個道理。但莊子到底是不是一個懷疑主義者呢？

我懷疑上帝，這懷疑建築於相信的基礎上，當然也有可能正相反：相信乃基於懷疑。這樣說希望不是一個文字遊戲。上帝是終極問號，所有問號之母。如果對上帝的懷疑解除了，我的一切疑問迎刃而解。

我懷疑自己可能是太聰明了，所以什麼都不相信；又懷疑自己可能是聰明反被聰明誤了，所以什麼都不能相信。我懷疑我的知識和智力，我的知識和智力既是我懷疑的源泉，同時也是我懷疑的直接對象。人說知識就是力量，可對我來講，懷疑為矛，知識為盾，盾在矛的攻擊下不堪一擊。

懷疑既令我痛苦不已，又讓我沉醉其中。痛苦因為無法做出判斷，得不到諸多疑問的答案或結論，總是處於困惑迷茫之中；沉醉因為可以就此逃避，不好或可怕的事情比如死亡既然十分可疑，那它或許沒有想像的那麼恐怖。

另外我也懷疑懷疑本身，懷疑懷疑這種痛苦或沉醉的感受。懷疑和相信之間或許只隔著一層透明的紙。當然我也明白：我常常自覺不自覺地以懷疑為擋箭牌，以掩飾自己的薄學；同時我也會以懷疑作為藉口自欺欺人，可世人誰又不自欺欺人呢。

總之我是一個徹頭徹尾無可救藥的懷疑主義者。我疑故我在。

（二〇一〇）

論性交

一眼看到這個刺眼的題目，請既不要臉紅脖子粗，也不要扭捏作態、一本正經，除非你是個中性人。

讓我們來嚴嚴肅肅地，共同探討這個不僅人人不能迴避，並且大家都很感興趣的課題：

首先，請允許我提一個怪異的問題：你們當中有誰見過動物不是為了生殖而交配？

沒人舉手。這證明動物要比我們人類理性、聰明一千倍。

「愚蠢之極的男人、女人，一年四季每天都發情，一生中要交配成千上萬次，花去的時間更是以年月計，可是生產出來的後代，卻還沒有我們那區區幾秒鐘內一次完成的多。」

豬玀的不齒和嘲笑難道不對嗎？

想想我們的身體，這部巧奪天工、高質精密的機器吧：

眼睛工作為看，耳朵工作為聽，鼻子工作為聞東西。

呼吸道工作為吐故納新，消化道工作為吸收養分，血液循環系統工作為支撐心跳。

只有生殖系統名不符實。生殖器工作不是為了生殖，生殖是生殖器工作的副業，全人類是這副業的產品。

不覺得這裡面有些不對頭麼？

人類性交遠遠超出了生殖的目的，進化論怎樣解釋這件事情？優生？節能？異化？

人類性交遠遠超出了生殖的目的，神造論怎樣解釋這件事情？承認這是造物主施加於人類的一個詭計？

我們常常說，沒有愛的性交像動物。

——天呀，請停止侮辱那些真正文明的生靈。

沒聽到牠們在反唇相譏：不生產子孫的交配像人類。

好萊塢電影中有一句被用爛了的台詞：「我不是動物！」

義正詞嚴！說對了，你的確不是動物，你是比動物更原始、野蠻和愚昧的人。

請鎮靜，我這樣語出驚人有證據：

從幾乎完全脫離了生殖的性交中我們究竟得到了哪些好處？好像有一大堆呢：

愛情婚姻，靈肉交融，男歡女愛，增進感情，享受人倫，身心釋放，活血健身，延年益壽，工作愉快，美滿幸福，等等……

那麼壞處呢？洋洋灑灑幾大類：

類一：戀童，獸交，強姦，輪姦，奸殺——動物可曾有過這麼令人髮指的行為？整部人類歷史上有多少無辜的女性，遭受到這種只有「人」才有權享受到的特殊待遇，甚至為之死於非命？

類二：縱慾，墮落，賣淫，亂倫，性病，愛滋病，同性戀。古往今來，橫死於銷魂窩的男男女女又何止成萬上億。

類三：引發衝突甚至戰爭，亡國亡種皆因它起，這裡僅僅舉一個海倫的例子夠嗎？

類四：浪費寶貴的時間和精力，各位就想想自己吧。

兩相對照，我們真得好好合計合計：脫離了生殖的性交，到底划算不划算？性交不生產子孫已經夠荒謬絕倫，並且它還成了人類滔天罪惡的一大源泉。性交無疑是美事一樁，可是一樁美事怎麼返過來演化出無數醜事、惡行？我個人，寧願一生中享受不到性愛的美妙，也不願聽到一個婦女被奸殺。男人們，你們呢？

（二〇〇六）

論死亡

朋友，有沒有興趣來談談死亡？

當我們談論死亡，不是基於什麼大無畏的勇氣，而是出於由衷的恐懼甚至絕望。思考死亡，談論死亡，也即面對死亡，是一種戰勝對死亡恐懼的方式，或許是最佳方式。為什麼？

當我們知其不可為而為，努力思索一件未知的事物，漸漸地，我們對其產生了愈來愈濃厚的興趣，這時，恐懼開始步步後退，好奇接管了它留下來的真空。

在你對死神閃現第一絲好奇的瞬間，祂君臨天下的微笑頓時僵硬了，哪怕依然保留著幾分猙獰。

反之，當我們竭力迴避，像逃離瘟神般拒絕思考死亡，則正好助長了祂的八面威風。

你可以掉頭不看自己身後的影子，但你能將它驅離你的潛意識嗎？

你憎恨噩夢，它就不來光臨你麼？

所以，轉過身去吧，看看首先逃跑的是你，還是那陰暗的黑影？

活著一場，沒有不能直視的眼睛，包括死神的。直視，直視死神的眼睛！

勇氣建築於好奇，此乃人類挑戰自然的法則，同樣適合於挑戰死亡。

對未知世界的好奇壓過了對大海的敬畏，哥倫布扯起了風帆，主動出擊。

讓我們至少有勇氣被動出擊，既然死海永遠橫亙在面前。

挑戰死亡的另一種方式，是思考神明與靈魂。

探索神明與探索靈魂幾乎是同一樁事情。

又來了這個萬古長青的疑問：神明有沒有？靈魂存在嗎？

如果神明和靈魂為真，死亡還有什麼可怕呢，它將不過是一種身心存在形式的轉換，不論是上天堂還是下地獄。

如果神明和靈魂是假，死亡就是澈底的終結，肉體的煙消雲散等同於意識的歸於虛無。無庸諱言，這個很有可能的現實想起來令人心兒顫慄。

這麼說，對死亡的恐懼出自拒絕虛無的本能和感情，這是最後的關卡。

攻破了這道難關，生死之謎迎刃而解；攻不破，所有的努力全歸徒勞。

我幾乎已經望見了黎明的曙光，我感覺身後有存在，死亡不虛無。

但是，我還不能百分之百地肯定。所以，我仍然走在這條探索的路上。

我個人所能夠做的，就是不懈地思索、思索，再思索；進攻、進攻，再進攻。

當我思索著，我就沒有失敗，哪怕我也沒有成功。

當我攻關著，我就保留取勝的希望；反之如果我放棄，立刻成為一個失敗的逃兵。

當你思索著，你就有希望，哪怕它看上去很渺茫。

談到這，有一個聲音發出抗議：你所有這些說辭似是而非，很有點自欺欺人的味道。

是的，我同意。請允許我以反問來回答這更深的懷疑：

這世上，什麼哲學不是自欺欺人？哪門宗教靠的不是信心？

突然明白過來為什麼世上沒有黑色的花，

原來五彩繽紛的花朵屬於生命，

而黑色的花屬於死亡。

（二〇〇六）

（未完待續）

論苦難

苦難以兩種形式將我們征服，一是驅使我們瘋狂或墮落，二是逼迫我們麻木甚至冷酷。

苦難是人生的丁字路口，一頭指向超越，一頭通往墮落。

墮落是低賤的實在，超越是高貴的虛妄。

如果不能將個體靈魂的苦難提拔到生命存在的高度，那就真是白白吃苦一場了。

當我意識到他人是我的苦難之源時，我開始反思自己對他人是否也一樣。

生命有兩重苦難：人與人相互製造的人為苦難，本體存在的天然苦難。

苦難是一所大學，但並非每個人都能在這裡學好。我努力學習，以期及格畢業。

既然拒絕不了，那就嘗試著和苦難結合吧。

面對苦難，不要不怨天尤人。

長年累月生活在赤道上，不見得就是幸福。

面對戰無不勝的苦難，不能沒有些許阿Q精神。
不經歷黑夜，怎麼望得見星星。
苦難帶來眼淚，同時也帶來歡樂。
幸福等於喜劇，苦難不等同悲劇。
面對個體和人間的不盡苦難，我時而淚水長流，時而痛哭失聲……
那不時溫柔地遞上一塊紙巾，讓我自己將眼淚擦乾的，是祢麼，我的神？
苦難是冰水，是烈焰。
不經過冰水與烈焰的淬火，生命的質地稀鬆。
攀上珠峰，超越苦難；完成高邁人生，獲得終極幸福。
當我們說超越苦難，是不是在自欺欺人呢？
沒有終極答案，這是我一生思索和體驗的課題。
滾滾苦難之河，承載著生命一葉扁舟，緩緩流向那永恆歡樂的海洋。
當我隨手記錄下這些心聲，一曲苦難的歡樂頌，隱隱響自靈魂殿堂的深處，引誘我側耳傾聽……
我清楚地知道具體是誰直接或間接地製造了我外在的苦難。

自他們身上，我掉轉怨憤的矛頭，轉而指向整體人類的罪性，包括我自己的。讓我從心裡寬恕他們並不困難，但我無意矯情地表示我愛他們，那是我希望達到的理想境界，可惜至今路途還很遙遠。

我需要感謝我的苦難製造者們，從苦難中我學習到多少自平淡人生中學不到的東西。

偏執狹隘的心胸為苦難製造者刺穿、割裂，再拓寬、加固，為此我怎能不由衷地感謝他們。

苦難教會我反思一個從來為我們忽視的問題：我自己是不是也是他人苦難的製造者？

真正的靈魂苦難，只有精神貴族才能享用，不尋求理解和同情。

那麼這裡如此這般的吶喊，是不是一種輕飄或多餘的行為？

超越苦難無異自慰。苦難如果可以被超越，苦難也就不成為苦難了。

太苦了，生不如死。——錯了！

如果沒有死，生命沒啥苦難。

苦難的根子不在於生，而在於死。

終身。

死亡能被超越嗎？如果不倚靠某種阿Q精神。

你登上了巔峰，雙腳仍然在山上。你超越了苦難，仍活在苦難之中。

所以，不要說超越苦難，而要說和苦難共存，和這個醜媳婦相依為命，廝守

基督說：「在世上你們有苦難。但你們可以放心，我已經勝了這世界。」

這話太狠，叫我不能不信。半信半疑地信。

和死亡一樣，苦難是一篇不得不書寫一生的文章。

（二〇〇五）

夜空上的悲憫

元月十九日，晚八點。芝加哥奧黑爾機場。

五六七班機緩緩轉上起飛線，默立片刻，發動機開始轟鳴，龐大的機身一路小跑起來，跑動中加速，加速如旋風，旋風飈過一兩千米燈火流線，驟然，昂首展翅，騰空而起……

緊靠舷窗，我開始俯瞰，隨著機身高度的上升，越來越俯瞰，俯瞰著腳下漸漸遠去卻依然清晰，夜幕下淺灰色的大片大片冰雪，冰天雪地中積木樣小巧玲瓏的街道房屋，萬家燈火……

每一盞燈火下，就有一個人，或一對人、幾個人，此時此刻，你們正享受著燈的光明、火的溫暖，室內、室外兩重天，你們毫不在意，或許根本就想不到，戶外那將你們的房屋、街道分割開包裹住的重重冰雪。因為你們有光，有對抗寒冷和漫長冬夜的光。

忽然，一個念頭躍入腦海，荒誕之極：如果——我是說假設如果——明天早晨，太陽不再升起，並且就此永遠不再升起；太陽消失了，逃亡了，它逃出了太陽系，背離地球及地球上的生靈萬物，向著茫茫宇宙的深處，飄然而去……

那我們人類該怎麼辦？那時，眼底下這小人國似的萬家燈火還能閃爍幾天呢？哦不，那時已經沒有天了，天的概念就此消失，日月年就此消失，時間就此消失，那時這裡將只有夜，只有永不落幕一望無際的黑夜。月亮都將是漆黑一團，繁星倒是始終掛滿夜空，依然輝煌燦爛，卻再不意味著牛郎織女抒情浪漫，相反更襯托出我們這顆孤立無助行星墜入無邊黑洞中的絕望悽慘。

人類於有始無終的夜生活中煎熬，即便於毫無希望中苟延殘喘，只要還剩下一口氣，也總要活下去。活下去需要火和光，能源供應開始階段尚可勉力維持，但不多久就陷入空前危機。浸透承載著冰冷和漆黑的大氣層覆蓋著整座星球，赤道變成了北極，陸地連接著海洋，一片冰天雪地。莊稼不長了，一茬茬絕了種；牲畜先走一步，大批大批倒斃；煤炭、油氣、木材貴為鑽石黃金：能燒得都拿來燒啊！幾十億人集體歇斯底里了，瘋狂地開採，恐怖地爭奪，邪惡地分配，直至最終資源枯竭，消耗殆盡，人類壽終正寢的喪鐘正式響起……

奇想至此，我如噩夢夜遊般，只感覺這假想明天就將變成現實，那萬劫不復的黑暗就此籠罩著大地，直至世界末日來臨，地球上到處屍橫遍野，全人類一道凍斃於冰河……剎那間，淚水湧上我眼眶，心中湧起一種上帝似的悲憫……

你們這些人呀，你們這些可憐的地球人，你們是否知道，你們是一種渺小卑微的存在；這個你們賴以生存被叫作地球的天體，也和你們同樣是一個微不足道的存在。一葉扁舟，漂浮於浩瀚無垠的宇宙海洋，穿行於星羅棋佈恆河沙數之間，地球是一條兩三尺長的舢舨，你們是這舢舨上的螞蟻、浮游。你們的生死命運，全依賴這條巴掌大小、紙板脆弱，隨時可能被狂風巨浪擊打得粉碎的小船。

可悲的是，你們不懂得這點，寄生存活在這小船上，你們自以為有了堅不可破的城池，千秋萬代永恆的家園。哦永恆，這是一個你們津津樂道的話題，可是你們所謂永恆的概念實在短淺，個體以自己的一生為永恆，群體以種族的延續為永恆，你們只是不曉得，在時光的太古空間裡，你們所尋求的永恆只是一個點，一粒時間光子而已。

因為缺乏渺小與無限、短暫與永恆的正確概念，看看你們在小船上都做了些什麼荒唐事情：

你們殺戮：千萬種生物共生於小船上，你們是其中唯一有計畫、大規模殘殺同類的物種，自相殘殺已成為你們的一種必須的生存方式。遠在生長的幼年，當你們走出非洲叢林，就開始畫地為牢，人為地，在原本自然連成一體的幾大塊陸地上，建立起了國家、政權和軍隊，隨之發明製造出高質多產的殺戮武器，發動數不勝數以殘殺同類為目的的戰爭，以形形色色冠冕堂皇的名義。

小船的空間和資源本足夠你們全體安身立命的，只要合理妥善地分配，即便在人口高度膨脹的今天，可是你們不願意彼此和平相處，共用男耕女織豐衣足食的太平生活；你們不滿足已經有的，每個族群都想佔據更大的活動空間、更多的資源財富，為此訴諸於永無止境的暴力爭奪。爭奪中你們持續不斷地殺人，你們持續不斷地被殺。古往今來，死於人類手中的人類數以十億計，高居物種死亡率的前列。你們常常是寧可相互同歸於盡，也不肯各退一步和平共存，歇斯底里的你們殺同類殺紅了眼，將人像踐踏螞蟻般整城整城、整族整族地屠戮，屍骨堆成山巒，血淚流成江河。就這樣你們還是不肯罷手，無端戰火此起彼伏，冤冤相報沒有盡頭，你們要將同類間的自相殘殺，進行到你們全體共同毀滅的那一天為止嗎！

群體屠殺以民族、階級為單位，個體是集體的縮影。你們的集體、個體於殺人這門萬古常青的行業，從來都是齊頭並進。地球上各式各樣大大小小的動物數不清，個體殺害同類的現象卻極為罕見，除去自詡為萬物之靈的人。在你們那裡，謀殺同類是每天每分鐘，時時刻刻都處於現在進行式的家常便飯。為財富殺人、為慾望殺人、為仇恨殺人，甚至純粹為殺人而殺人。殺男人女人，殺嬰孩老人，殺陌生人殺親朋好友；你殺我我殺你，殺得你們——眼下生活在地球上的幾十億人中的每一個人，每一個男女老幼——竟然沒有一個人，能夠保證自己的一生不會死於同類的毒手，沒有一個人能夠倖免，自然善終成為一種幸運。想起來多麼恐怖又可悲。而自然界的飛禽走獸卻沒有這種兇險，牠們也有各自的天敵，但至少不用恐懼被身旁的同類所殺，因為這不符合自然界的律法原則。

除了殺戮，你們強姦，男人強姦女人，生物學上的恃強凌弱，社會學上的性別壓迫。你們的眾多男人，將自己可恥的肉體快感，以體力加暴力建築在弱小女人痛苦的呻吟上，將美好的做愛變成了醜陋的作惡。你們有一句話叫作禽獸不如，犯強姦罪的男人是典型的禽獸不如，因為飛禽走獸絕無此類違反物種演化法則，全然不以生殖為目的，雄性以暴力摧殘雌性的行為。強暴發生在分分秒秒世界各地，人類的所有女人，每一個女人，一生不得不與被強暴的恐懼相伴；而被強暴了的女人，終身活在被侮辱與被傷害的巨大陰影中。你們強暴他人的姊妹、妻女和母親，他人強暴你們的姊妹、妻女和母親。聽聽善良無助的母親們，女人們發出的悲鳴吧：我們真不知道還該不該生育，生育了女兒，難免要遭受那些邪惡兇暴男人的凌辱；生育了男孩，誰知道長大後會變成什麼禽獸不如的東西[1]。

更令人不能容忍的是，在你們那裡有一種叫作「奸殺」的行為，男人將女人強暴後，隨即將其殺害。殺人、強姦兩大罪惡，結合起來一同實行。世上千萬種生物，雌雄交配或曰做愛，目的是為了生產後代以延續種族，做愛是延續種族的手段，延續種族是做愛的目的。而你們男人的姦殺行為，本末倒置，完全違背自然法則，竟然為了獲得自己區區幾分鐘的身心感覺，以暴力將孕育人類的母親奸侮後，再從肉體上予以毀滅。這是邪惡之極的罪行，傷天害理，人神共憤！

是的，不能否認幾千年來，和平鴿也常常自由飛翔在藍天，自原始到現代，你們創造出了了不起的地球文明，物質文明和精神文明，這讓你們有理由為自己驕傲，也使得你們的未來並不是昏黑一片。可是你們的成就充滿暴力和血腥，許

[1] 引自《女人十日談》。

多更是直接建築於生命的屍骨之上。同類相殘違反天設神造法則，是難以饒恕的罪行。與你們殘殺、強暴同類的罪行相比，你們的成就又有什麼值得自豪和誇耀的呢。人類這個物種作為一個整體，你們犯下的滔天罪行將你們取得的偉大成就貶值。一個殺人犯，不論他解救了多少人，做過多少好事，終究還是一個殺人犯。

住手吧，人類，停止你們的屠殺和謀殺，已經大張旗鼓進行了幾千年，夠了！個體的生命只有絕無僅有的一次，人類的整體生命也同樣。人總都是要死的，人類遲早是要滅亡的，結束他人的生命不能延緩殺人者的生命，而只能讓兇手的雙手蘸滿永遠也清洗不掉的血腥。殺戮是以人的手提早結束人的生命進程，此種行為踐踏了自然或神明的法則，或早或晚必將遭到大自然母親與造物主憤怒的還擊。殺人必遭報應，不是報應在生前，就是報應在身後。

你們要明白這個簡單的道理：人類作為地球上唯一的智靈生物，不論是自然進化的結果，還是上帝一手創造的作品，都是物質組合形式的高度結晶，時空交織作用的絕妙體現，一種現實及超現實的夢幻存在，鬼斧神工，無與倫比。人的存在價值之珍貴，一在於整體的來之不易，生成演化至目前這種形式，無疑為億萬載難逢的神明奇蹟；二在於個體的獨特性，獨特的思維和情感、行為與經歷。

獨特個體雲集匯粹，形成了總體的豐富多采，每一個體都是組成人類之光不可或缺的一粒。地球人微弱、短促的生命光波，孤獨而頑強地閃爍於漫天黑暗的茫茫宇宙。

唉，說到這裡，我只感到語言的軟弱、蒼白，隨之而來的是一種無力的絕望感。我沒有一支能夠將石頭點化成棉花的筆，我沒有能力將人是不應該被殺的，人是不應該殺人的道理闡述得更加透徹，更有無可抗拒的說服力。語言媒介能夠做什麼呢？以語言講出的道理即使再雄辯，又怎麼能夠感化那些天生冷血的心，怎麼能夠讓信奉極端利己哲學的大腦放棄放棄殺人念頭呢。

和你們殺戮與強暴的齊天大罪相比，你們其他五花八門的惡行劣跡竟然都顯得中性，容易被理解及寬恕，當然寬恕不是縱容或默認，大罪從來都是由小罪積累轉化而成。瀆神、貪婪、欺騙、偷盜、搶劫、姦淫，等等，這些都不是好事情，或者說是不可避免的壞事情。利己準則既是你們的原罪，也是你們與生俱來的自然屬性，個體捍衛生存追求幸福是天生的權利，不同個體的權利行使於同類間引發矛盾衝突，由此演變為罪惡。

你們是世間最貪得無厭的物種，即便以殺戮為生，見什麼喘氣就吞噬什麼的百獸之王獅子，也僅僅獵取維持其基本生理需要的那部分，而無心霸佔更多。而你們，物質慾望滾雪球似膨脹，遠遠超出基本需求，永遠沒有滿足的時候。饕餮的你們慾壑難填，攫取的觸角上天入地，無處不在無往不利，伸向大自然的各個角落，更伸向彼此的同類。在這座星球上，草木和草木平等，螞蟻和螞蟻平等，只有你們，人與人不平等，人為地將人分成三六九等，無論是叫作等級還是階級。等級制度是人類的心臟病。

你們的極權統治幾千年，一脈相承自古至今，少數人依仗暴力及欺騙的雙重手段，成為多數人的主子，多數人淪為少數人的奴隸。主子乃人類罪惡之集大成者，好話說盡壞事做絕，不僅自物質生產上奴役、物質分配上壓榨奴隸，更從文化精神上控制摧殘奴隸。當奴隸被奴役摧殘得不堪忍受了，會奮起造反革命，有樣學樣，以暴力及欺騙的同樣手段推翻主子的統治，取而代之自己當主子，接著重演主子與奴隸的古老故事，冤冤相報惡性循環。你們那騎在他人頭頂上拉屎撒尿的人們，有誰能夠作威作福一百年，你能狠過年復一年的時光麼，恣意橫行一時的代價，是良心的糜爛、人倫的變質，和遲早將得到的孽障報應。

你們的民主制度幾百年，奴隸衝破牢籠，主子摔出宮殿，主子奴隸握手言和，一道加冕為共和國公民，共同享有平等、自由等天賦人權。畸形的人類社會從此走出漫漫歧路，未來展現一片光明。民主制度打碎了幾千年來少數人套在多數人身上的枷鎖，基本治癒了社會等級制度人吃人的頑症，顯示出人類自我救贖的能力與希望。眾生諸神當為此而歡呼！但是，自由體制並沒有解決個體犯罪問題，人類原罪的胎記還在，人惡劣的生物基因沒有本質性改變，你們仍是一個比獅子還貪婪兇險的物種：無限度揮霍自然資源，多少美妙的動植物被你們戕害得絕了種，全體生物共用的地球家園被你們蹧蹋得千瘡百孔；錢與權階層相互勾結利用，花樣翻新魚肉弱勢群體；社會競爭格外殘酷，生存哲學他人即地獄；種族間的偏見甚至仇恨根深蒂固，人類大同夢想實現的那一天遙遙無期……

你們共生於一個封閉的生物圈，好比一群被拋棄在一座孤島上的小白鼠。你們的存在形態於物質上是脆弱的，於時間上是短暫的，故而你們的靈魂命中註定是孤獨、絕望的。孤獨絕望的靈魂渴望得到愛，得到同類中他人的愛。愛是這生存荒原上唯一僅有的光明，如那冰天雪地裡躑躅街頭小女孩手中的火柴。你們所有人，每個人，不論是好人或壞蛋、弱智或天才、富豪或賤民，都渴望被他人愛，被盡可能多的人愛。你們竭盡一生追求的所謂幸福，很大程度上是追求他人的愛。缺少愛你們的焦灼愁苦，收穫愛你們的喜悅歡樂。

問題是你們不曉得，愛不是靠打拼積累得來的財富，不是等價交換的商品，更不是低買高賣的股票。愛是一種與生俱來的品質，同時也是一門可以後天學習的功課。你們苦苦尋求的愛，其實就掌握你們的手中，道理簡單之極：如果你們每個人付出更多的愛，結果是必然會得到更多的愛。愛本應是最廉價的東西，因為它可以不勞而獲，想出產多少就能出產多少。愛既是富人可以捐贈的錢財，也是窮人能夠施捨的黃金。金銀珠寶封存起來保值，愛封閉在內心一文不值。你們使得這世上最價廉物美的愛變得物以稀為貴，由於你們日益膨脹逐步走向極端的私慾，一門心思只想獲取他人的愛，卻吝嗇向他人獻出自己的愛，甚至連一個善意的微笑都拒絕施捨給他人，而代之以鐵板面孔烏雞眼。即使你們付出愛，也常常是虛偽的；表面上是愛他人，而實際上是愛自己；你們將最慷慨的愛留給自己，最吝嗇的愛給予他人，於是「我愛你」成了「我愛我」的同義語。

你們的愛像鮮花一樣稀少，恨卻像野草一樣茂盛，比野草更生命力頑強，更種類繁多。種族仇恨地域仇恨，信仰仇恨階級仇恨，群體仇恨個體仇恨，總之是人恨人、同類恨同類。仇恨的蒲公英漫天飛舞無孔不入，只需一丁點土壤，就開始生根發芽瘋長蔓延，甚至不需要土壤，岩石上也能憑空長出恨的青苔。人成為天地間唯一對同類懷有深仇大恨的物種。你們的私慾有多高漲，仇恨就有多深重，仇恨將人打造成人的地獄。除去蒙蔽人的眼睛，使大腦變成泥漿；扭曲人的性情，將心靈化作石頭，仇恨還能做些什麼。如果將山高海深的恨置換為愛，世界將美好一萬倍。這淺顯之極的道理，你們只是不懂得，永遠也不懂得。

總而言之人啊人，你們的誕生與存在幾乎就是一個錯誤，一齣荒誕不經的醜惡鬧劇。你們既不像野生動物那樣順乎天命活出原始自然，又缺乏高等智慧生物應有的超脫與靈性；大腦比動物發達，情慾比動物低下，行為比動物殘忍，無異於披著一張天使皮的魔鬼。假若世界上沒有你們人類，沒有此起彼伏的砲火硝煙，沒有亂採、濫伐的鋼鐵機械，沒有光怪陸離的人工建築，沒有無孔不入的海陸空污染，這個得天獨厚的星球只會更加健康而美麗。那將是一個萬古常新的動物世界，千姿百態的動物們強健活潑，和諧競爭；各取所需，樂天知命，比你們這些萬類之靈更懂得如何自然合理地運用寶貴有限的生命。

你們來了，萬物生靈塗炭，星球因你們而不幸，你們本身也是自己一手打造的可憐蟲，一步步淪為自身虛妄的肉體感官的忠實奴隸，一群盲目機械，以無價之生命追求有限之物質的行屍走肉。低級慾望將你們蛻化變質為一具具裝載了同樣軟體的機器人，有程式而無靈性，有計算而無思想，本應鮮活靈動的生存變成了冰涼機器間的碰撞和碾壓。迷失了作為智靈生物活著的現實意義及終極目的，存在即合理跟著感覺走，你們不過是一大堆由氮氫元素構成的碳水化合物的組合體，可悲可憐又可笑。或早或晚，你們終將隨著地球方舟於宇宙汪洋裡分崩離析，為你們深重的荒誕接受天理報應，於洪水與烈火的清洗中，萬劫不復……

隨想至此，只覺得前面一片白茫茫，悠悠然，如霧裡行船。使勁睜大眼睛，向舷窗外望去：哦，原來是飛機正在穿越雲層，向下而非向上穿越。驀地，眼前一亮，豁然開朗，陸地重新顯現，又是萬家燈火，聖城就要到了。飛機繼續向海拔線挺進，沉穩而堅定。我繼續自高空俯瞰，巡視著夜空下這個美麗而脆弱的星球，思緒卻為地心引力牽引，隨高度的降落重歸大地；上帝的悲憫雲消霧散，我，還原為一介俗人……

哦，你不要這樣，是哀其不幸怒其不爭麼，如果是，情緒化使立意走到了初衷的反面。如果不是，你還想自絕於全人類麼。人之惡讓你痛心疾首，可人之善，你又瞭解多少、多深，怎麼能夠視若無睹或輕描淡寫呢。仔細想想看，我們存活的這世上，好人還是比惡人多，多得多。身邊的事例隨手可及，就拿多年來你熟悉的親朋好友、鄰居、同事來說吧，前後左右幾百號普通人，有幾個是手上帶血惡貫滿盈的，答案是一個沒有。再縱觀歷史，橫看現實，人類中的惡人如果比善人多，世界絕不會是現在這個樣子，一定至少還處於暗無天日的中世紀，甚至更悲慘，或許已經在人類同歸於盡的自相殘殺中提前毀滅了。

對善惡敏感的眼睛，咋一看天下血流成河罪惡遍地，靜下心考量，此現象的主要原因是毀壞因數的單位能量強大，比建設能量更具爆發性，給視覺和心靈造成巨大的負面衝擊。一粒罪惡的子彈，剎那間就毀去一位母親幾十年的含辛茹苦和殷切期盼，給生者留下永久的傷痛，這是惡勢力集中摧毀力的表現。但任憑惡再怎麼強橫囂張，善，終究是貫穿人類之河，此起彼伏不絕於耳的主旋律。邪惡勢力可以猖獗肆虐於某時某地，但成不了整體氣候，終究不免被歷史的車輪碾過，人類發展至今，光明土地愈來愈遼闊，黑暗土地愈來愈萎縮，就是明證。還有就是善人不僅在數量上比惡人多得多，在質量上也比惡人高得多。人類文明的方方面面，從奇異的科學技術，到美妙的文學藝術，絕大多數出自善良人智慧的雙手，而惡人，除去在以殺人為業的所謂軍事學上，不能有任何創造性的建樹，其普遍智慧之低劣，一目了然。

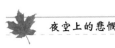

再者，沒有惡，善無以彰顯；有黑暗，才有光明。經歷原始叢林是人類逐步走向文明金字塔頂端必須付出的代價，雖然這代價太過慘重，想起來幾乎令人心碎。善本不應該因為惡而存在，天下應該沒有黑夜只有白天，可嚴酷的現實不以人良好的意願為轉移。幾千年來，人類之善惡慘烈搏擊，呈螺旋上升狀，這既簡單又複雜的遊戲奧祕，或許就掩藏於上帝造人的計畫中。如果真的是這樣，渺小的我們實在無能為力，除去努力行使自己行善積德的義務，堅信天使終將澈底戰勝魔鬼，還能夠做些什麼。讓我們可以聊以自慰的或許是：惡造就了善，善在與惡的對抗中顯示出其莊嚴壯麗，這就是所謂惡的美學意義。

反求諸己，人類的罪惡由組成人類的億萬分子共同鑄造，而你是正是其中的一粒。你口口聲聲指斥的你們，不過是你的複數而已，你是整個人類的一面縮影。好好想想看，你所歷數人類的斑斑罪惡，哪一條哪一款你自己沒份？你的前半生即使稱不上十惡不赦，也可算得上五毒俱全了，一一羅列出來，恐怕要無地自容，沒奈何只有避重就輕。先說殺人吧，這為你所深惡痛絕，認為是萬惡之首的罪行，你難道從來沒有過殺人的強烈念頭，沒有付諸具體行動，是畏於法律的威懾，還是良知作用的結果，恐怕更多得是前者。強暴婦女更不用提，如果風險收益比低得具有足夠吸引力，你能夠保證你天性中魔鬼的一半屈服於天使的另一半，答案幾乎百分之百為否定。再說到愛與恨，什麼時候，你對人類的愛寬廣過你對他的恨？一個心懷憎恨超過愛憐的人，指責人類缺少愛，是不是有幾分滑稽？

把你放到你們裡去吧，這樣你們就成了我們。擺正你在我們當中應有的位置，既活在我們當中，如一滴水融入湖泊；又置身於我們之外，像沙漠上獨立的一株胡楊。即使你對我們憤怒、失望，你也不能棄絕我們，因為棄絕我們就是棄絕你自己；只要你還沒有對自己絕望，就不要對我們絕望；只要你還愛你自己，你就要愛我們人類。在你愛人類的同時，你就看到了人類的光明與希望。

悲憫我們嗎，先學習悲憫的涵義，悲憫是充分理解上的由衷憐憫，悲憫的土壤是宗教情感的理解，上面生長著人文關懷的綠樹。「因為他們所做的，他們不曉得。」[2]，人性本不屬惡，更多的是軟弱，軟弱得難以抵抗惡的侵襲和誘惑。我們是一群迷途的孤兒，既不知道自己到底是誰，更不曉得自己究竟在做什麼。

[2]《聖經新約》，路加福音23-34。

當我們作惡時，我們失去了與神共用的天然本性，我們就不是真正的我們了。整體的我們於無邊苦海上迷失，個體的你要迷途知返，藉助神之手，天生的靈，找回你原本的內在屬性，清楚地明白每時每刻，自己的大腦和雙手究竟在做些什麼。

從愛做起吧，敞開胸懷，放清新的空氣、潔淨的光進來，洗滌去於人的社會層層積澱的怨毒和惡意，一步步遠離憤怒和冷漠，以憐憫的清水熄滅憤世嫉俗的火焰，然後主動去愛世人。如果愛做不到，那就先自小處開始，從與人為善做起吧，與人為善是從事愛人事業最基本的功課。愛人，愛普通人，愛身邊的鄰居、同事，愛虛擬世界裡的朋友。再往前走如果可能的話，學習既愛值得愛的人，也愛不值得愛的人——即使做不到愛，也要盡最大努力減少恨。在愛人中享受生的樂趣，發現自我價值；在愛人中體驗生命和死亡，認識存在荒誕中的意義。愛是短暫間的永恆，黑暗中的光明。當你愛著，你就是一個超脫了憐憫需求的人，你就是一個憐憫人的人。

倏忽，眼前一片光明，機艙裡的白熾燈亮了，班機安全抵達目的地。我彷彿自一場大夢中醒來，微微搖晃一下沉重的頭，醒醒透，再慢慢抬起來，面帶一絲微笑，默默注視著眼前同航班的旅客們：面呈倦容的他們紛紛自行李架上取下自己的行囊，魚貫走向艙門。不知不覺中，眼睛裡的這些陌生人似乎一下子可親了幾許。我知道，不是他們變了，而是我的心在變，在朝著漫長人生隧道光明的一面走去。

此時此刻，我的腦海裡，再次響起了那個久違的聲音：我們在天上的父神，求祢指教我們怎樣數算自己的日子，好叫我們得著智慧的心！[3]

（二〇〇九）

3 《聖經舊約》，詩篇90-12。

生命靈魂的沉思

怎麼，你還生存著嗎？
為什麼生存呢？有什麼益處嗎？
憑什麼生存呢？有什麼方向嗎？
繼續生存著，不是瘋狂嗎？

——尼采《查拉斯圖拉如是說》

今天是我生日，沒有快樂，只有憂傷和惆悵。年齡的數字，一年比一年陌生而恐怖，我的生命之樹開始落葉繽紛。

身不由己被地球裹挾著又轉了三百六十五圈，同時繞著太陽作了一周向心運動，人生的步履朝墳墓再向前邁進了幾十甚至幾分之一，除去這些冷冰冰的統計數字，我本該快快樂樂的生日還有什麼其他涵義？我也很希望能藉此機會輕鬆一下，哪怕自我麻痺一天也好，結果是哪一樣都沒有做到。

一年一度的生日總是對我冷酷無情，它將我深深埋藏於塵世沙土裡的腦袋揪出來，強迫其履行自己無從逃避的職責，站起來直面那些刀鋒般的問題——我是誰？人是什麼？我為什麼活著？生命的意義？等等，一想到生命的問題我就不禁黯然神傷。

我是誰？這個問題對我如同我自己的名字一樣熟悉，它是長久以來我含辛茹苦耕耘的土地，至今幾乎沒有取得任何實質性的收穫，最後成為終身不解之謎看來只是個時間問題。這本沒有什麼稀奇，我並不想怨天尤人，要知道在我之前，與我同期，一代又一代，多少思想苦行僧已經或正在思索這個萬古長青迷人的頭痛問題，他們有些自稱轉出了這個魔方，而更多的則是緊鎖著大同小異更深的眉頭步入各自的墳墓。只是他們的成敗與否和我沒有什麼直接的利害關係，他們尋找的是他們是誰，而我迷失的是我自己——我是誰？

我是一個人，一個上帝親手或間接創造的生靈，對這一點我毫無疑問。和許多自認沒有愚昧無知道相信人類是上帝創造的人截然相反，我沒有自作聰明到承認自己是猿猴甚至蛆蟲的後代——這是客觀存在事實，已經為大量證據所證明，不論你拒絕還是接受，承認或是否認。——這話我也能說。信仰是一種人生趣味，談到趣味沒有爭議，任何人都有權力宣稱貝多芬的交響樂不過是幾堆煩人的噪音。

可是——這最令人悲哀的可是，和大多數將全身心交託與所信神明的虔誠信徒不同，相信造物主並沒有解決我的根本靈命問題，就像知道自己是人卻不明白人是什麼，確信本體活著但又不清楚為什麼而活一樣。我致命的問題是不清楚我這個所謂的人究竟處於一種什麼存在，或者反過來說到底是怎樣的存在形成了我這個通常意義上的人。我是什麼？什麼是我？人是什麼？什麼是人？存在是什麼？什麼是存在？——「什麼」是什麼？什麼是「什麼」？或許此類問題本身就成問題，我這是在孜孜不倦地探索真空裡悠揚婉轉的樂音嗎？

首先我的起源絕對不可思議。當初我忠厚善良的父母行使天然賦予的權力，完成平凡而神聖的使命，如果事情發生在另一個時辰，或早或晚哪怕三五秒鐘；如果他們換一種行為方式，譬如說愛得更加激情或者稍微溫柔些許；如果那個特殊的夜晚天氣不那麼配合默契，假若窗外剛好或剛好沒有拂過一陣微風，那麼他們愛的結晶最終就極有可能不是今天的這個我了。只可惜所有這些事後的假設全不成立，於是我的命運被交與鬼使神差：愛的偉大喚醒了千千萬萬鮮活的生命種籽，聚合成一股朝新生命進軍的蓬勃洪流，滾滾穿越過陰暗的生死隧道，奔湧向那黑色宮闕裡唯一的光明。滿懷求生期望的塵埃們勇往直前、爭先恐後，似乎都明白自己以秒為單位的命運不是生存就是滅亡，它們其中的每一微粒都有大獲全勝的機會，最終擔負起天意或自然賦予的平凡而特殊的使命，加入有血肉有感情更有思想的萬物之靈的光榮行列，可是這千載一遇的天賜良機微弱得僅有幾億分之一，冥冥中或許早已命中註定的幸運兒只可能產生一個，其餘的統統被無情地淘汰出局，永遠失去由渺小卑微蛻變為高大神奇的可能。在這場壯麗而殘酷的追逐生命的奧林匹克競賽中，我於萬幸中不幸中了頭彩，倚仗著陰差陽錯捉弄人的玄妙造化，千萬分之一的理論機率轉化為百分之百的嚴酷現實，踏著億萬同胞姊妹兄弟的血肉屍骨，我榮登本星球至高生命的加冕台，十個月後哭號著降臨人間，世紀悲劇就此拉開序幕。

左一個不幸右一個悲劇，實在有負命運之神的莫大恩典。我的降生是我一生中最奇妙的經歷，奇妙得讓我怎麼也無法相信唯物論者所謂的自然機率，而只有順從心靈的引導謙卑地承認此乃造物主的奇偉作功。只是造物主為什麼要揀選一個不僅不懂得感恩戴德，而且對自我存在較真兒得近乎偏執的生靈？放他去塵寰踽踽躑躅一遭，於己於人有何益處？存在即感知，感知了就思索，不安分心靈的觸角撥動大腦活躍的神經，感知愈敏銳，思索就愈深重。根據我至今積累的點點滴滴刻骨銘心的生命體驗，我不得不毫不矯情地坦誠直言：基於我們美其名曰追求幸福實則欲壑難填的天性，個體存在痛苦總是多於歡樂，總體存在人類社會苦難遍地；生命沒有明確的即時和終極意義，時間和死亡將世上的萬有虛無，再美好的人生也有終場落幕的時辰，既然短暫光明的結局註定是永恆的黑暗，早知如此又何必當初，幹嘛一定要接受這先得後失、多此一舉的愚弄。認識到這些我難以不扼腕長嘆：智慧毀了智者的生命，存在即合理不適合存在意義不是全然烏有就是荒誕不經的存在，活過一次絕對不比從來沒有活過更好，而根本就不曾存在過則是一種先天的祝福，雖然這福氣的承受者已經無從談起。拒絕自欺欺人的人生觀於人類社會從來缺少共鳴，熱愛生命的人們給我列舉出一千個活著如此這般美妙的理由，他們的親身見證生動而感人，我絲毫不懷疑他們陽光般燦爛歡笑下發自內在的純真，更由衷羨慕這些與生俱來的赤子之心；我不忍以尖銳的雄辯戳破他們美麗的童話，將人們自熱愛生命甜蜜的夢中喚醒是殘忍的行為，這個世界上終生失眠的靈魂有一個就已經嫌多；我無意自詡眾人皆醉唯我獨醒，尼采醫生的自戀式理療對我的效用早已經過期，況且我也並不認為我精神的天生沉重要比世人的自然輕鬆更為高貴或先鋒。我尊重所有人形形色色的性格狀態，理解那是一種難以並且毋需被改變的東西。我對除去我自己以外的任何人抱以微笑，同時友善地接受他人相同的餽贈；生活於我而言自然不是一齣輕歌劇，這一點不妨礙我喜愛聆聽人間喜劇中此起彼伏的笑聲；雖然那笑聲對我的積極影響即使不等於零，卻也微乎其微，我活在一個自我封閉起來的漫漫長夜，在那裡獨自仰天遙望，尋覓著那不可尋覓的無名的啟明。

我是什麼？首先我是物質，由所謂的有機物和無機物構成。原子暫且不論，物質的基本單位是分子，幾十億個肉眼看不見的分子以某種神祕的排列方式組合在一起，於是就形成了一個自開天闢地以來完全獨特的存在體——我。我既是這幾十億分子的概念化統稱，又是它們的終身制總統，肩負著照看它們日常起居、喜怒哀樂的責任。表面上我君臨天下高高在上，實際上是一個被暴民挾持奴役，叫你往東絕不能朝西的走卒。

「人活著就是移動物體」，好像是那位曾寫過一篇平庸的名作《為什麼我不信上帝》的爵士先生說的，首次讀到時很是觸目驚心。原來我生命的神聖職責是移動這幾十萬億個每隔幾年就全部新陳代謝一遍的細胞，自它們低級的吐納吸收排泄，到中級的物慾享受追逐異性，再到高級的文化生活思想求索等精神活動，我活著的全部手段和目的從來不是為了靜止，而無一不是為了移動，為了細胞子民大眾們貪得無厭，安逸了還得舒適、舒適了再要快活的移動。彗星孤零零遊蕩於茫茫宇宙，我隨布朗定律移動在滾滾紅塵。

身不由己隨波逐流，時常不堪重負間或遊刃有餘，就這樣螞蟻搬家似的移動來移動去，忘卻自我時盡情享受移動的浮華樂趣，回歸自我後沉重感受移動的虛妄本質，奔波勞苦忙忙碌碌一生，卻從來不清楚為誰而奔忙，為什麼要移動，移動的是什麼，不移動怎麼樣，移動了又如何？最後終於精疲力竭再也移不動了，毛驢拉磨式的人生馬拉松掙扎著熬到了盡頭，油枯燈滅的時辰到了，我生命的宏偉大廈就此傾覆，千千萬萬來自塵寰的粒子分崩離析作鳥獸散，重歸組合前它們原先的出處，不是腐朽風化沒入泥土，就是煙消雲散升入大氣，乾淨澈底得不留下一點兒昔日風光的痕跡。猶如微渺的流星倏忽劃過漆黑的夜空，我曾經偉大地生命過一回，這無比奇異美妙，對於我個體來講是如此輝煌壯麗的事情竟然好像從來就沒有發生過一樣；我像一滴為大海無情拋棄沙岸的水珠，被大地和天空分解收容，收容以後的我就再也不成為我了，想起來真令人悲哀莫名。當然事情也有不那麼教人寒心的一面，根據所謂的物質不滅和能量守恆定律，這幾十億眼下如錢幣般屬於我的分子，於我之後將繼續在地球的金融系統裡兌換流通，一個也不會逃離大氣，它們將一如既往永存於天地間，少則數千載，多則幾億年，它們將與星球甚至宇宙同生死共命運，當然那時的一切已經和我毫無任何關係，我用不著為我今天保險櫃裡的金銀珠寶的未來歸宿操心；我只是有點兒好奇，出於妄想永垂不朽的可悲心理，經過多少年無數代，這些曾深深打上我生存烙印的微粒，保不準會逐漸轉化為動物、植物、水或空氣，經過生物循環系統複雜的物理化學運作，最終重又進入新的未知人體，再次融入萬物之靈的生命，由此於某種意義上使我復活再生，哪怕只有微不足道的部分。順著這個似乎無聊之極的狂想向前類推，原來我——至少我的身體根本不是什麼嶄新純粹的東西，不過是歷史亡靈的聚合變種，取材於無數遠古的化石遺骸，人本來自塵土，復歸於塵土，我來源於一代又一代先人塵土的積澱。如果生物圈真是這樣荒唐的話，沒準兒我的血液裡流動著貝多芬、莫札特曾擁有過的原子；當然萬一不幸正好相反，我的大腦中也完全有可能攙雜著當初構成希特勒的元素，想到這我不禁打了一個寒顫，接著又感到冥冥中有一雙略帶嘲弄微笑的注視著我的眼睛。

哦，這種機械移動物體的人生，塵土循環轉化的生命，究竟是怎麼一回事情？到底是為了什麼？有什麼存在的意義？阿基米德說「給我一個物理支點，我可以托起整個大地」，我要說「給我一個人生支點，讓我不這麼盲目地移動我自己」。我的眼睛看不見外部世界無處不在的紅外光波，我的心智感受不到內在生命存在的終極意義——那對我而言重要性一點不亞於陽光和空氣的東西。沒有陽光和空氣我的肉體一時也不能存活，沒有存在的意義我的靈魂半刻都不得安寧；誰能拯救我於悠閒舒適的水深火熱之中，引導我走出這亙古的迷宮。卑微無助的我迄今所能夠做的一切是發問，問那些號稱人類知識寶庫的浩繁書本，問小撮多少可引為志同道合的良師益友，而更多的是問那我堅信卻不幸未能篤信的上帝；我執著得近乎頑固地千百遍無數次地詢問，雖然明知道最終得到明確答案的可能性微乎其微。詢問到最後，幾近絕望的我不覺開始懷疑探索意義本身的意義，終於有幾分意識到我這很可能是在庸人自擾甚至無事生非，我尋求答案的問題本身成立嗎？你夙思夜想的意義究竟是一種什麼性質的東西？問什麼是存在的意義，是不是首先得搞清楚什麼是意義，而什麼是意義呢，看似顯淺其實不然，一波未平一波又起引帶出一個新的不解之迷；再有什麼是意義的意義？生命的意義反過來對於生命又有什麼意義？存在體的意義是對存在體本身有意義，還是對存在體之外的什麼存在有意義？等等，如此看來我會不會是在費盡心力地緣木求魚？為什麼硬要知其不可為而為呢？偏要和自己過不去，聰明人做著傻瓜的事情。既然慈悲無量的造物主指派我作為高貴的人活著，我俯首遵命盡力活出個人的模樣兒就是；順其自然有一分光發一分熱，生死由天，享受生活的無窮樂趣；人生苦短歲月如梭，為什麼要嫌自己頭髮花白稀疏的太遲呢，幹什麼不好偏要刨根問底探究天機。設身處地為全能的上帝想想吧，祂安排周全的事情一定有祂妙不可言的道理。你隨手給了一個三歲小孩一塊巧克力，一般來講會是出於什麼心理或目的呢？這小孩子會不會放著巧克力不吃，卻反過來一本正經追問你這種學名叫朱古力的食品的具體成分是什麼，吃了以後對身心的益處和弊端，和你無緣無故請我吃巧克力是何居心嗎？放下身段作一個三歲小孩子吧，天真無邪於己於人都大有裨益，沒聽說笑口常開將使你延年益壽甚至長命百歲。可是……可是我要這麼一個外表裝潢華麗裡面空空如也的珠寶盒作什麼？我也願意盡可能地貼近大地，可是問題是生命畢竟不是一塊巧克力；如果沒有意義，為什麼給我探求意義的渴望？如果不給我意義，為什麼賜我生命！

移動物體眼見得毫無意義，「我思故我在」又怎麼樣？什麼是思呢，我又是一點都不清楚。我的思是細胞東跑西顛的物理作用嗎？白花花粘滯的腦漿隨著血液的循環往復神經質地顫抖，類似計算機晶片於電磁震盪下，0和1飛速的張開閉合，於是思想意識流泉水般源源湧出；電腦硬體依靠操作系統運行，支配我大腦的操作系統又是什麼？是哪隻無形的手啟動並操縱著這種波動？又是誰在神祕地接收波動的結果？仍是一頭霧水莫名其妙。我的思是基本粒子們玩捉迷藏遊戲的化學作用嗎？某些脫氧核糖核酸分子的原子的電子流失，正巧為其他的同類捕獲；據生物學家說我塞滿了五顏六色、橫七豎八問號的大腦是目前自然萬物的最高實現形式，那裡的神經元有如亞馬遜熱帶雨林的樹葉一樣多，沒有任何兩張葉片具有完全相同的形狀和顏色，一些樹葉無奈隨風飄落，另一些於陽光雨露下茁壯生長，於是就形成了我複雜的所謂思想，只是這生動的教學語言對我的求索有什麼直截了當的幫助，對於我簡單明瞭的疑問：我思的時候，是「誰」在思呢？如果是「我」在思，我到底「在」哪裡？我又怎樣才能於這茫茫林海中尋覓到那我所賴以健康存活下去的綠葉呢？

我的思想與我的存在原來是一對難兄難弟：我認真刻苦地思想，但不明白思想是什麼；我努力不懈地活著，卻不懂得生命的本質。其實形成我思想的生理機制是物理還是化學變化、電磁抑或生物作用並不至關重要，我真正關心的是大腦背後的東西，那腦中之腦，自我中的自我，眼睛裡的眼睛。

夜不知不覺漸漸深了，杳不可測的黑色森然接掌了大地；萬籟被催眠著墮入幽秘的夢鄉，從不知疲倦的晚風也已經歇息；一抹淡淡憂鬱的月光朦朧灑落湖上，默默譜寫著冥想縹緲的詩意，與天地諸神交流的氛圍漸入佳境……

我仰面躺在湖畔濕漉漉的草地上，緊閉上天生不眠者的眼睛，盡最大可能凝聚起全部心智和腦力，開始我既無比喜愛卻又有幾分畏懼的臥思，往深裡想，再往深裡想，意識展翅向茫茫腦海的縱深飛翔，穿越過表層一派汪洋，即進入我熟悉的未知領域，那裡似乎有一個異於感官三維中的世界，讓我既困惑不已又悠然神往。隨著遐思層層向上高飛，我內心期待著有一道靈光霍然大亮，照耀著我頓悟人生與生命的真諦，好似昔日希拉山洞裡的穆罕默德、伽耶山菩提樹下的釋迦牟尼。時間一波一波漂移過去，我的抽象意識流源源不息向上蒸騰，企望於愈來愈稀薄的空氣中博取終極的昇華。時間於清晰的迷茫中近乎陷於停頓，大腦空間隨之濃縮凝滯，而呈現在我放大了的思維瞳孔中的一切，除去漆黑一團就是大塊混沌。憧憬中的神明靈光到底沒有奇蹟般顯現，甚至都沒有瞥見一縷海市蜃樓的蹤影，寞然一陣欲裂的頭痛襲來，我脆弱思緒的觸角碰撞到一層厚重而冰涼的鐵幕，接著就再也無法超越雷池半步。彷彿一隻身懷高超飛行技巧的小蒼蠅，無辜地被誘入半透明的玻璃瓶中，除了徒勞地左衝右突，再就是絕望地向外張望。我最終明白，經過大腦超負荷的高速運轉，這裡是我生理智慧的極限、個體意識圓周的邊緣；孤高的雄鷹飛不出寥廓的大氣，我不羈思維的羽翼折損在超物質無形的永恆黑洞裡。終於，我緩緩重新睜開眼睛，月亮隱沒了，我遙遙面對的是滿天俯瞰著我的繁星……

天上的每一顆星星對應著地上的每一個靈魂，這古老的傳說除了寄予著世人的美好嚮往，有沒有還蘊含著其他值得玩味的寓意，哪一顆眼見為實的星星是屬於我耳聽為虛的靈魂？我的靈魂比我包括腦袋在內的身體更令人迷惘，身體雖然奇妙得幾乎不可思議，到底還是件感官看得見、摸得著的實體，而所謂的靈魂則全然雲山霧罩。首先靈魂的定義很有些教人困惑，雖然靈魂是物質還是精神的命題我並不十分感興趣。我真正關心的事情是靈魂的存在與否，和如果存在它與肉體的相互依存關係。從感情上坦白地講，我是多麼希望靈魂真的存在，這無疑是出於對死亡天生的恐懼。靈魂存在則幾乎百分之九十九意味著死亡不過是生命的外部形式轉換，那麼幽幽冥河就極有可能真的不是光明的天堂就是悲慘的地獄，而不是一無所有萬般皆空的虛無。死亡將生命虛無，而靈魂是再將死亡虛無，從而把生命反虛無的僅存的最後一線希望。

可是絢麗的希望之光會不會發自一顆火熱而絕望的心？這火熱絕望的心是我永不甘自生自滅的動力源泉。如果我無法肯定靈魂，我就不能否定死亡；如果我不能否定死亡，我也就無法肯定生命。生命、死亡和靈魂，相生相剋環環入扣，互為倚角三足鼎立。人生的至高境界之一是發現永恆的道路，通達永生的大門在死亡的鐵鎖下緊閉，而靈魂是打開這死亡之鎖的唯一鑰匙。我的鑰匙被遺落在哪裡？教我曠日持久茫茫然若有所失地尋覓。如果我真的具有靈魂，為什麼它竟然會一點不認識自己？又怎麼會不記得我出生前的任何經歷？莫非真的是忘川做的好事情？但反過來如果我根本就沒有靈魂，那麼我內在的什麼東西在努力不懈地尋找著靈魂？全權操縱我肉體的怎麼會是我肉體本身？我與一切動物和機器又有什麼本質的區分？我怎樣才能向自我證明我的確不是一具高等的行屍走肉，而是一個承載著不朽靈魂的生命本體？直接認證眼見得沒啥指望，那麼間接證明或者反證是否可行——譬如用影子證明身體，以月亮歌頌太陽。

我常常隱約感到我獨特的自我意識，特別是我的沉思冥想似乎是一種靈魂的折射反映。我對神明的天生嚮往，對意義的執著尋求，和對自然、音樂、藝術與人類中的一切美善事務的熱愛、欣賞，都像是靈魂的奇妙作功，而難以想像是大腦皮層下神經元機械的物理抑或化學作用。據說科學家已經通過精密實驗證明了靈魂是有重量的，這對於我來說不啻一個期待已久的好消息，雖然這世紀發現尚未經諾貝爾學院肯定，我靈魂存在的假設無論如何總算有了一條科學依據。

我默默行走在大千世界上，以冷峻的目光，觀照著眼前萬花筒似的林林總總、芸芸眾生，當探賾索隱的審視逐層深入，啟動自我意識收縮回歸，我驀然產生了一種異樣的分裂感覺：眼下正冷眼看世界的，原本不是通常自認的所謂的我，而隱隱是居於我體內的另一股存在意識，這存在意識彷彿是個人中之人，深藏不露地潛伏於我肉體的軀殼內部，一邊透過我光學鏡片似的眼睛向外探望巡視，一邊以一個局外旁觀者的身分，洞察一切地解析、鑑賞著滿目的人物事故、光怪陸離。我的身體猶如一部起居設備一應俱全的旅行車，駕駛者是這個幽靈般的不速載體。莫非此人中之人即為我苦苦尋找的自我靈魂？

總之對於靈魂我是寧肯信其有而不肯信其無，這就好像對待上帝一樣，當我無法百分之百確定一件極度渴望的東西，就只好採取這種多少有些無可奈何，甚至或許是自欺欺人的人生態度。當一個男人深深愛上了一個值得為之生死的女人，卻又完全不能確定她是不是對自己也有意，可憐的他是寧願自作多情還是自暴自棄，作為一個悲觀的衝浪兒我幾乎別無選擇，縱然自作多情的結局往往並不十分美妙，每一次衝浪的收場最後都是以失敗告終——跌宕起伏也罷，平緩無波也罷，人生本來不過就是一次衝浪。那麼接下來的問題是靈魂和肉體的相互關係，靈魂之於肉體，好似光明之於火焰，還是音樂之於鋼琴？肉體是靈魂的臨時驛站抑或永久家園？這兩位一體是平起平坐還是主僕分明？誰掌握著誰的現世命運？誰將決定誰的最終歸宿？

哦，當我這臭皮囊終於化為塵土，我高貴的靈魂魂歸何處？它將於天堂裡歡快自由地飛翔，還是在十八層地獄下盡情哀哭，或是變作孤魂野鬼依舊流連塵世，於漫漫黑夜中飄忽遊蕩，再就是隨著肉體的煙消雲散化作絕對的虛無。啊，我多麼希望我的靈魂能夠永垂不朽，於身後繼續以某種存在形式，任何一種形式存在；縱然前去萬劫不復、永世不得翻身的地獄，也比真空版乾乾淨淨的虛無強千萬倍。我熱愛存在遠遠勝過我留戀生存，生存之旅是暫時的，它轉瞬即逝的終結全然不以人的主觀意志所轉移；而存在至少有可能是永久的，這永久之可能賦予了生命唯一可能的現世意義。為什麼我如此熱愛存在，因為存在即意識，而「意識著」是世間，並且想當然也是陰間頭等美妙的事情，即使我還不瞭解意識的全部奧秘。悲哀地意識著比麻木的無意識更加幸福，角鬥士的處境比植物人的更令人羨慕，憂傷的夢境比昏死的酣睡更值得體驗和回味麼？——我覺得應該是的，至少從某些意義上來說。靈魂只要不死，哪怕在地獄中我仍就可以感受和思索，就像生前於世間時努力所做的一樣。雖然暗無天日，地獄一定比人間單純乾淨，最起碼沒有這裡無窮無盡的貪婪、情慾和誘惑，除去了肉體的終身鐐銬，希望我得以延續的精神活動也將就此脫胎換骨、煥然一新。只是到了那個時候我還將感受什麼呢？人生與生命的體檢已成為落幕千年的古希臘悲劇；在天堂或地獄中我再作何種思索呢？當永恆和靈魂的謎底水到渠成全都揭曉；或許存在意義的命題將依然成立，當然其蘊涵的內容將全部翻新。只要願意思索，還用發愁找不到值得一試的內容嗎。地獄裡再痛苦能比得上人間的痛苦嗎，當那死去活來的痛苦已經自然而然地澈底解脫——我再也用不著尋找永恆在哪裡，再也不需要探求靈魂的有無了，因為那時我將滿懷喜悅清楚地知道，我的靈魂終於超越了時態，它存在於永恆之中！

我的夢總是在最美妙精深的關鍵時刻被遽然驚醒，回歸現實後的傷感和失落一時難以用語言描述，這是一種熟悉的可稱之為生而復死的感覺，類似於午間小睡後神志恢復的狀態瞬間；回轉過來的意識彷彿身處清晰而陌生的夢中，而方才半沉思半迷幻中的我像是在遙遠的另一世界裡模糊地醒著，這時空錯位的顛倒感又是怎麼一回事情？在冷靜的現實理智與熱烈的超然幻想之間我找不到一種合理的心理平衡。我的人生大夢誰能解析，當我自己當局者迷已經全然無能為力，神父、哲學家、心理學大師們旁觀者清看來也都束手無策。我的滿腹疑問有誰願意聆聽甚至解答？是誰將這對生命之光的焦渴埋藏在我內心深處，然後又悄然隱遁了呢？你害得我患了致命的相思病了，這病連世上最溫柔甜蜜的愛情也無法連根治癒。生命之光一天不照亮我殘缺的心靈，我一天活得不如一隻自由自在飛翔的小鳥，即使我能夠長命百歲，坐擁金銀成山、美女如雲。我知道只需一道靈光閃現，我的世紀絕症即可霍然痊癒，從此我甘願拋棄一切身外的牽掛、世俗的所有，去為這拯救我於人間的生死煉獄，帶給我全新靈命的神明的發揚光大奉獻終身，可是我夢寐以求的神明救星到底在哪裡？我的心靈日以繼夜為你的光臨禱告，有誰垂聽？

人生之路無論如何總得繼續摸著黑走下去，有北斗遙遙閃爍天際當然最好，望不見燈塔失落了羅盤也罷——我朝天之旅的方舟早已獨自啟航，離弦之箭不相信回頭是岸。既然生來對星星感興趣，你只有長年累月露宿黑夜；如果你渴望親近太陽，唯一的捷徑是去攀登珠穆朗瑪峰。這些既是我先天預定的旅程，也是我自己一步步將自己逼上了懸崖，然後背水一戰以求絕處逢生，對此我除了儘量做到不喜不怒、無怨無悔，所能夠自由抒發的情感十分有限。我自然明白哪裡是我內心憧憬的終點、靈魂歸宿的家園——我想以有限的眼淚換來不息的歡笑，我企望用今生的苦索謀取天國的簽證；做不做是一回事情，能不能是另外一回事情，崇高的私心最終可否如願不在我的考慮範圍之內，如果我還不想半途而廢。我不願強迫自己信奉尋找光明的足跡即鐫刻著生命的意義，哪個掘金者肯承認揮舞了幾下鐵鎬就算挖著了鑽石，這與功利和超脫的問題風牛馬不相及；我不想於大限來臨之際，自我告慰不論怎樣總之你嘗試過了，謀事在人成事在天，雖然你所求未果但是精神可嘉，古往今來失敗的英雄更具可歌可泣的色彩——即使我欺騙得了我的心，我又如何欺騙得了我的腦袋，身處黑暗之中我將永不瞑目。如果存在確實得之並受惠於神明，真理的西番蓮遲早會向我綻開，對此我不能不繼續堅信不移，不然還有什麼理由依舊盤桓在這裡；反之如果人生真的是夾在生前身後兩大虛空之間的一齣無聊的遊戲，生命原來是死亡的一場欺騙，上帝和天堂不過是人類自編自導的千古白日夢幻的話，那麼……那麼……，想到這我不能再想下去，不願再想下去，不敢再想下去，淚水驀地湧上眼眶，剎那間模糊了眼睛，教我再也瞧不清楚……

（二〇〇二）

（摘自未完成長篇小說〈劫持〉，略加改動獨立成文）

BOD Books on Demand

語言文學類　PG2324　秀文學32

英雄命運
——章凝散文集

作　　者／章　凝
責任編輯／鄭夏華、林世玲
圖文排版／詹羽彤
封面設計／王嵩賀

發 行 人／宋政坤
法律顧問／毛國樑　律師
出版發行／秀威資訊科技股份有限公司
114台北市內湖區瑞光路76巷65號1樓
電話：+886-2-2796-3638　傳真：+886-2-2796-1377
http://www.showwe.com.tw
劃撥帳號／19563868　戶名：秀威資訊科技股份有限公司
讀者服務信箱：service@showwe.com.tw
展售門市／國家書店（松江門市）
104台北市中山區松江路209號1樓
電話：+886-2-2518-0207　傳真：+886-2-2518-0778
網路訂購／秀威網路書店：https://store.showwe.tw
國家網路書店：https://www.govbooks.com.tw

2020年4月　BOD一版
定價：320元

國家圖書館出版品預行編目

英雄命運：章凝散文集／章凝著.-- 一版. --
臺北市：秀威資訊科技, 2020.04
面；　公分. -- (語言文學類；PG2324)
(秀文學；32)
BOD版
ISBN 978-986-326-774-4(平裝)

855　　108022579

讀者回函卡

感謝您購買本書，為提升服務品質，請填妥以下資料，將讀者回函卡直接寄回或傳真本公司，收到您的寶貴意見後，我們會收藏記錄及檢討，謝謝！
如您需要了解本公司最新出版書目、購書優惠或企劃活動，歡迎您上網查詢或下載相關資料：http:// www.showwe.com.tw

您購買的書名：______________________________

出生日期：________年________月________日

學歷：□高中（含）以下　□大專　□研究所（含）以上

職業：□製造業　□金融業　□資訊業　□軍警　□傳播業　□自由業
　　　□服務業　□公務員　□教職　□學生　□家管　□其它_____

購書地點：□網路書店　□實體書店　□書展　□郵購　□贈閱　□其他

您從何得知本書的消息？

□網路書店　□實體書店　□網路搜尋　□電子報　□書訊　□雜誌
□傳播媒體　□親友推薦　□網站推薦　□部落格　□其他__________

您對本書的評價：（請填代號　1.非常滿意　2.滿意　3.尚可　4.再改進）

封面設計____　版面編排____　內容____　文／譯筆____　價格____

讀完書後您覺得：

□很有收穫　□有收穫　□收穫不多　□沒收穫

對我們的建議：______________________________

____

____

____

請貼
郵票

11466
台北市內湖區瑞光路 76 巷 65 號 1 樓
秀威資訊科技股份有限公司 收
BOD 數位出版事業部

（請沿線對折寄回，謝謝！）

姓　　名：＿＿＿＿＿＿＿＿　年齡：＿＿＿＿　性別：□女　□男

郵遞區號：□□□□□

地　　址：＿＿＿＿＿＿＿＿＿＿＿＿＿＿＿＿

聯絡電話：(日)＿＿＿＿＿＿＿＿ (夜)＿＿＿＿＿＿＿＿

E-mail：＿＿＿＿＿＿＿＿＿＿＿＿＿＿＿＿